Tiergarten
SCHÖNEBERG
CHARLOTTENBURGER STR.
CHAUSSEE
Grosser Stern
Kleiner Stern
Spree
MOABIT
Reichspost-Stadion
Sportpl.
Bhf. Bellevue
Schloss Park Bellevue
Zoll-Bhf.
Freilade
Lüneburger
Kronprinzen Ufer
In den Zelten
Kurfürsten Pl.
Republik
Sieges Allee
Friedr. Ebert
Hofjäger Allee
Lichtenstein Allee
Grosse Stern
Fasanerie Allee
Neuer See
Rousseau
Zoolog. Garten
Aquarium
BUDAPESTER
Kurfürsten
Lützow
Landwehr Kanal
Schöneberger Ufer
Potsdamer
Bhf. Wittenberg Pl.
Kleist
Nollendorf
Bhf. Nollend. Pl.
Bülow
Bhf. Bülowstr.
Bhf. Kurfürstenstr.
Winterfeldt
Sport Palast
Hohenstaufen
Motz
Lutpold Pl.
Bhf. Victoriaulse
Bhf. Nürnberger Pl.
Prager
Augsburger
Nürnberger
Regensburger
Grunewald
Bhf. Bayerischer
Goltz
Park
Kolonnaden
Yorck
Gr. Görschen
Bhf. Gr.Görschenstr.
Bhf. Schöneberg
Monumenten
Sport Pl.
Kolonnen
Dreibund
Magdebg. Köln Aachen Frankfurt Strassbg. Metz Paris
W0416861

Lili Grün

Alles ist Jazz

Lili Grün (1933)

Erstes Kapitel

»Du hast Arme wie ein vierzehnjähriges Mädchen.«

»So mager?«

»Nein, so lieb, so zart. Du bist überhaupt vierzehn.«

»Geistig zurückgeblieben, wie?«

»Ja, mein geliebtes Schaf.«

»Ich bin gern dein geliebtes Schaf.«

»Das freut mich.«

Er nimmt die Arme, die hübschen, mageren Arme eines vierzehnjährigen Mädchens und schlingt sie um seinen Hals. Hübsch sieht sie aus, wenn ihre Wangen rot sind von seinen Küssen, das dunkle Haar sticht so nett von der weißen Decke ab; aber am nettesten ist die Gestalt, die kleine hilflose Gestalt. Er muß immer lächeln, wenn sie sich an ihn preßt. So eine kleine Frau! Kleine Frauen haben etwas Rührendes. Elli besonders. Sie schnurrt wie eine Katze unter seinen Liebkosungen und sie verkriecht sich an seiner Schulter, als wenn er der liebe Gott wäre und durch seine Nähe alles Böse dieser Welt von ihr fernhalten könnte. Nett ist das alles: diese hübschen, runden Schultern, diese kleinen, festen Brüste, die schmalen Hüften und schließlich die Beine, die hohen, schlanken Jungmädchenbeine, die er »den Stolz des Hauses« nennt ... Nett ist das alles, sehr nett.

»Du bist so blond«, sagt Elli bewundernd. Es klingt fast wie eine Frage. »So unerhört blond.«

»Das bin ich immer, weißt du, schon seit zwanzig Jahren.«

»Ich bin um ein Jahr älter als du.«

»Du bist vierzehn.«

»Glaubst du?«

»Ich weiß es.«

»Ich war schon einmal hundert.«

»Ja, wann?«

»Ach, damals nach Henrik, weißt du ...«

Er weiß es nicht, aber er fragt auch nicht. Er betrachtet sie weiter aufmerksam und denkt: Sie ist nett, sie gefällt mir. Sie ist klein, lieb und treuherzig. So etwas hat mir immer schon gefehlt. Man kommt sich da erst richtig als Mann vor. Und das ist gut. Sie ist wirklich wie ein vierzehnjähriges Mädel und das ist auch gut.

Sie gefällt mir und sie langweilt mich nie und sie ist für alles richtig dankbar. Ich will sie sehr lieb haben. Doch, das will ich! Eigentlich bin ich ja ohnehin monogam. Sie gefällt auch den anderen Jungens. Helmut wollte sie letzthin Akt zeichnen; dabei sieht sie in Kleidern nicht halb so gut aus wie jetzt.

»Ja, weißt du, das war damals so ...«

»Was, mein Kleines?«

»Das mit den hundert Jahren ...«

»Das erzählst du mir mal, ja?«

»Ja ...?«

»Frierst du nicht?«

»Ich will einen richtigen Kuß haben ...«

»Aber bitte, gnädige Frau, mit Vergnügen ...«

»Ich habe mich so nach dir sehnen müssen ... ich habe dich so sehr schrecklich lieb.«

Robert lächelt. Ich weiß es, denkt er, natürlich hast du mich lieb. Es ist vier Uhr morgens, aber wenn der nächste Tag ein Sonntag ist, dann ist noch viel, noch sehr viel Zeit. Bis 12 Uhr mittags kann man sogar noch ein wenig schlafen.

Der nächste Tag ist ein Sonntag, aber Robert hat keine Zeit. Er ist bei irgendwelchen Leuten eingeladen, die langweilig und sehr wichtig sind. Auch Robert findet es scheußlich; aber man kann nichts dagegen tun.

Was soll Elli bloß mit so einem Sonntag-Nachmittag tun, an dem sie ganz allein ist? Vielleicht ein bißchen telephonieren? Aber mit wem? Es ist langweilig, mit Leuten zu sprechen, die nicht Robert sind! Robert hat man ja noch gräßlich viel zu erzählen. Man muß sich beeilen, sonst kommt man mit seinem ganzen Leben nicht aus. Bis jetzt ist man noch so wenig zum Sprechen gekommen, man hatte noch so viel zu küssen.

»Hallo«, sagt Elli ins Telephon, »hallo, Suse, bist du's?«

»Ja, wer ist denn dort? Elli, mein gutes Kind! Bist du sehr böse auf mich?«

Suse entschuldigt sich sooo. Sie weiß, sie hätte gleich nach der Premiere in der Volksbühne anrufen müssen, aber sie ist zu gar nichts gekommen ...

»Ich gratuliere dir, mein Süßes, Kleines. Ich habe mich schrecklich mit deinem Erfolg gefreut. Du hast allen meinen Bekannten großartig gefallen.«

»Hast du eigentlich meine fabelhafte Presse gelesen?«

»Ja, einiges, sehr hübsch, mein Kind, wirklich, ich freu' mich.«

»Ach ja, aber das Stück hatte doch leider gar keinen Erfolg. Es wird sehr bald abgesetzt.«

»O, wie traurig. Aber jetzt kommt doch sicher bald was anderes nach dem hübschen Erfolg.«

»Hoffentlich.«

»Und was ist mit Film?«

»Na, du weißt doch.«

Ja, sie wissen beide und sie müssen jetzt laut seufzen.

»Und was gibt's sonst noch, Kleines? – Nichts?«

»Ach ja, doch! Ich habe einen Freund.«

»Einen Freund, du? Bist du verrückt? Seit wann hast du ihn denn?

»Seit vierzehn Tagen.«

»Und seit wann kennst du ihn?«

»Na, ich sag' dir doch, seit vierzehn Tagen.«

»Aber nein.«

»Aber ja!«

»Und du bist sehr glücklich?«

»O ja!«

»Und was ist er denn?«

»O, weißt du, er ist eigentlich noch gar nichts. Er studiert noch.«

»Ach so, ein Student. Aber da hat er doch gar kein Geld.«

»Keinen Pfennig. Aber weißt du, er ist sooo lieb.«

»Du bist ein Schaf, aber ein liebes!«

»Das sagt er auch.«

»Und wie hast du ihn denn überhaupt kennengelernt?«

»Ach, weißt du, ich habe ihn angesprochen.«

»Du ihn? Du bist endgültig übergeschnappt.«

Elli lacht laut und übermütig: »Nein, ich bin nicht verrückt. Ich bin so glücklich.«

Elli spricht die reine Wahrheit. Sie hat ihn wirklich angesprochen. Im Romanischen Café ist er neben ihr gesessen und hat ein Glas Milch getrunken.

»Was trinken Sie da, um Gotteswillen? Was ist das für ein geheimnisvoller weißer Drink?«

»Milch!«

»Milch, ganz gewöhnliche Milch?«

So ist es gewesen. Und dann haben sie gleich sehr viel zu sprechen gehabt. Elli hat von den Proben erzählt, vom Regisseur, von den Kollegen, von der Rolle (eine wirkliche und wahrhaftige Rolle, wenn auch klein), von Angst und Aufregung, und dann hat Robert erzählt: von seinem Studium, von »wie er noch klein war ...«, von seiner ersten Freundin und seiner letzten Enttäuschung ... Und so kennen sie einander schon vierzehn Tage.

Die Premiere ist ein großer Erfolg für Elli gewesen. Nach dem zweiten Akt, in dem sie ein bißchen hat zeigen können, wer sie eigentlich ist, hat sie sich sogar verbeugen müssen und alle Zeitungen haben von der Begabung der jugendlichen Komikerin geschrieben. Im »8-Uhr-Blatt« sind es sogar drei ganze Zeilen gewesen. Robert hat nach der Vorstellung gesagt: »Ich bin schrecklich stolz auf dich.«

Leider ist das Stück ein Durchfall gewesen. Das ist natürlich richtiges Pech. Schlechtere Stücke laufen schließlich monatelang und die Schauspieler können dabei verdienen.

»Und was machst du dann?« fragt Robert.

Kein Kollege würde so etwas fragen. Jeder weiß, daß es zwecklos geworden ist, darüber nachzudenken. Es wird schon wieder etwas geschehen, es ist ja schließlich noch immer etwas geschehen.

»Aber macht dich das nicht wahnsinnig?«

»Nein, Robert.«

Das versteht er nicht. Er ist arm, er weiß, daß man wenig hat, aber das Wenige muß man doch haben. Nach dem Einunddreißigsten muß doch ein Erster kommen.

»Wie machst du das, wovon lebst du?«

»Frag' mich nicht. Ich weiß es nicht. Wir wissen es alle nicht.«

»Und wie lange ist das schon so?«

Elli glaubt, daß es schon eine ganze Ewigkeit so ist.

»Hungerst du manchmal?«

Robert hat schreckliche Angst, während er das fragt. Hungern ist für ihn die letzte Möglichkeit der Armut. O, auch er ist arm, er muß seinem Studium Opfer bringen, er muß Stunden geben, er ist stolz auf seine Opfer, er ist verliebt in sein Studium. Elli bewundert ihn deshalb. Aber wenn er sie fragt: »Hungerst du?«, lügt sie fromm: »Nein«. Sie hört die Angst in seiner Stimme und es ist ja so unwichtig, daß er es weiß. Momentan hungert sie ja wirklich nicht.

»Es war doch so ein großer Erfolg für dich. In den Zeitungen stand ja ...«

Robert versteht das alles nicht. Robert erwartet Anrufe von Filmgesellschaften, von Reinhardt, vom Staatstheater, Robert erwartet Hauptrollen. Er ist böse und ungeduldig, wenn Elli auf solche Fragen lächelt. »Der große Erfolg« ist schon vierzehn Tage alt und Elli ist noch immer kein Star. Robert ist seit vierzehn Tagen der Freund der Künstlerin, er ist seit vierzehn Tagen stolz auf sie, aber jetzt beginnt er langsam Angst zu bekommen.

»Und wenn du untertags keine Proben hast, hast du da gar nichts zu tun? ...«

Er bringt Notizbücher von seinem Schreibtisch, Kalender, Stundenpläne. Jeder Tag ist genau eingeteilt, jede Stunde vorbestimmt, die Zeit für die Straßenbahn ist ausgerechnet; da sind die Vorlesungen, da ist Arbeit, da ist Vergnügen. In diesem Monat sind Prüfungen, da sind die Ferien. Weihnachten fährt man Ski, im Sommer vierzehn Tage nach Ahlbeck. Am Ersten schickt die Mutter Geld, am Zweiten zahlt der Schüler.

Und Elli? Ist sie eine von denen, die den ganzen Tag im Romanischen sitzen, über die man die Achseln zuckt, um die einen kein Freund beneidet?

»Wirst du wenigstens stempeln gehen können?«

»Jetzt nicht, Robert.«

Elli macht es schrecklich ungeduldig, Robert das alles zu erklären, dieses eklige, langweilige »jetzt nicht«. Aber Robert will alles ganz genau wissen, Robert rechnet mit Bleistift und Papier nach, ob der Staat recht hat, wenn Elli »jetzt nichts« bekommt. Er möchte am liebsten so mit Bleistift und Papier ihr Leben festlegen.

»So sag' doch, was machst du ...? Ich will es wissen. Vormittags?« fragt er – »und nachmittags?« – »Wie lebst du?« fragt er nochmals. – »Wie kann man nicht wissen, wie man lebt? Ich habe Angst um dich«, sagt er.

»Das ist lieb von dir«, lächelt Elli dankbar. »Weißt du, ich habe es gerne, wenn man Angst um mich hat. Aber du mußt keine haben, es geht mir gut!«

»O, mein armes, kleines Mädchen, wenn ich dir bloß helfen könnte! Warum bin ich nicht als Theaterdirektor auf die Welt gekommen?«

»Wünsche dir d a s nicht!« Sie ruft es so ernsthaft, daß er lachen muß.

Er drückt sie an sich. Er versteht es selbst nicht, warum er solche Angst um sie hat. Sie ist ja noch so jung, denkt er. So schrecklich jung ... Vierzehn ist sie, vierzehn Jahre und keinen Tag älter! Er denkt es wie ein Gebet. Vierzehn sind diese langen, schlanken Jungmädchenbeine, vierzehn ist dieser kleine, zärtliche Körper, kinderweich sind die Wangen, der runde volle Mund. Nur in den Augen liegt die Erinnerung daran, daß Elli schon einmal hundert Jahre alt war.

Wie vergeht der Tag ohne Proben, abends ohne Vorstellung?

»Ich habe Wege, gnädige Frau!« sagt Elli zu ihrer Wirtin. »Falls jemand anrufen sollte ...«

»Schon gut, schon gut, ich werde alles notieren.«

Der Erste steht vor der Türe. Wirtinnen verlieren an Freundlichkeit und Zuvorkommenheit, wenn man ohne Einkommen ist. Der Erste ist in acht Tagen! Bis dorthin kann ein Wunder geschehen. Elli glaubt an Wunder. Die Wirtin scheint nicht daran zu glauben. Sie erwidert Ellis überfreundlichen Gruß nur sehr nachlässig und schlägt die Tür hinter sich zu. Man soll ihr nicht nachsagen, daß sie erst an dem Tag, an dem sie kein Geld bekommen hat, unfreundlich geworden ist.

Ellis Wege: Elli sitzt stundenlang in irgend welchen Vorzimmern und fünf Minuten vor irgend einer Großmacht. Die älteren, dickeren, mit dem Monokel, das sind die Direktoren; die jüngeren, schlankeren, mit den Hornbrillen, das sind die Regisseure.

»Ich wollte mich wiedermal in Erinnerung bringen ...«

Und dann steht sie wieder im Vorzimmer und schaut angstvoll in den Spiegel. Ob sie auch guten Eindruck gemacht hat? Ja, wenn man blond wäre und *sex appeal* hätte, wenn man mit dem Stempel der Erfolgreichen herumliefe, dann vielleicht ... Aber wäre man dann nicht wieder zu häufig? Wenn man grotesk wäre ... wenn man ... Ach, Glück müßte man haben, nur ein bißchen Glück!

Dann hat man eines Tages wieder Proben. Bei der Bühne der Unvollendeten oder dem Theater der

Jungen. Man probt abends um 10 Uhr in kleinen billigen Gasthäusern in Charlottenburg oder Wilmersdorf im Extrazimmer. Man probt die Nächte durch, ohne Geld, ohne Hoffnung. Die wichtigsten Persönlichkeiten von Theater und Film haben zwar ihr Erscheinen zugesagt, aber übermorgen ist der Erste. Vierzig Mark sind so viel, so schrecklich viel Geld! Kein Mensch, selbst der nicht, der an Wunder glaubt, kann hoffen, daß man sie bis übermorgen haben wird. Die Wirtin grüßt vorsichtshalber seit zwei Tagen nur mehr mit Kopfnicken zurück. Erst übermorgen hat sie das Recht, grob zu werden.

Und Robert ist so gräßlich arm. Robert ißt jeden Tag nur für 60 Pfennig Mittag, er hat noch keinen Wintermantel, er geht in einem dünnen, schäbigen Trenchcoat. Elli möchte weinen, sooft sie daran denkt. Robert kann man von all dem nichts erzählen. Robert hat seinen festeingeteilten Stundenplan. In die Rubrik Vergnügungen fällt für Mittwoch und Samstag, halb 8 Uhr, Elli. Und Elli kommt Punkt halb 8 Uhr anmarschiert, sie hat blanke Augen und rote Lippen, sie ist klein und unvernünftig, sie ist lieb und zärtlich. Mittwoch muß sie schon um 12 Uhr weggehen, weil Robert am anderen Tag Vorlesungen hat. Wenn sie dann nach Hause kommt, kann sie stundenlang nicht einschlafen. Sie hat Sorgen. O, nicht zum ersten Male in ihrem Leben! Sie kennt diese langen, schlaflosen Nachtstunden, sie kennt diese ungelösten Rechenprobleme, diesen schrecklichen Druck auf dem Herzen und ein naßgeweintes Kopfkissen. Genau drei Mark im Vermögen. Der letzte schäbige Rest von dem, was man in der Volksbühne verdient hat. Und es geschieht nichts, nichts.

»Aus dir wird nie was werden«, sagt Suse erbittert. »Da läuft das Mädchen monatelang ohne Freund in der Weltgeschichte rum und dann verliebt sie sich in einen Studenten, der ooch keen Geld hat. So viel müßte einer doch haben, daß er einem schlimmstenfalls zehn Mark pumpen kann. Was meint denn der Süße, wovon du jetzt lebst?«

»Ach, Gott!« Mehr bringt Elli auf all diese erbitterten Vorwürfe nicht raus, und erst nach einer kleinen Weile: »Man kann sich doch die Leute, in die man sich verliebt, nicht aussuchen!«

»Weißt du, was wir jetzt tun? Jetzt gehen wir beide in die ›Lunte‹ und essen etwas. Alles andere ist egal, aber du mußt schließlich wiedermal etwas in deinen kleinen Magen kriegen. Vielleicht können wir auch jemanden in der Lunte anpumpen!«

»In der Lunte? Du träumst, Suse ...!«

»Auf alle Fälle komm jetzt!«

»Ich habe gar keinen Hunger«, wendet Elli ein, obwohl sie weiß, daß es keinen Sinn hat, Suse zu widersprechen und dann denkt sie: Ist ja auch egal, ob man drei Mark hat oder gar nichts. »Also los, in Gottes Namen auf in die Lunte!«

In der Budapesterstraße holt die beiden ein wildes Indianergebrüll ein:

»Hallo, Mägdelein, Mägdelein, wartet doch!«

»Das kann nur Hullo sein«, sagt Suse vergnügt.

Hullo zu treffen, ist immer und auf alle Fälle ein großes Glück. Solange er da ist, ist man restlos davon überzeugt, daß noch alles gut wird, das Böse auf Erden bestraft und das Gute belohnt, Talent von Erfolg gekrönt wird ...

Hullo kommt in langen Sätzen über die Straße – sein Mantel ist natürlich trotz der Kälte offen und fliegt im Winde, er schwenkt seine Mappe – hat die Mägdelein eingeholt und schließt eine nach der anderen in die Arme.

»Wohin geht ihr? Ins Romanische ..., dorthin bringen mich keine zehn Pferde!«

»Wir gehen in die Lunte. Elli muß zur Abwechslung wiedermal etwas essen ... Komm mit uns, Hullo!«

Hullo betrachtet Elli mit prüfenden Blicken: »Essen? Essen ist eine gute und nahrhafte Beschäftigung. Vom Essen wird man satt und lebensfroh. Ich werde dir eine Linsensuppe kaufen – Linsensuppe mit heißen Würstchen, damit sich deine bleichen Wangen röten. – Gut, ich komme mit euch!«

Hullo nimmt die Mädchen links und rechts. Es ist wirklich gut, daß er gekommen ist; er weiß immer schrecklich viel zu erzählen, man spürt doch, daß noch was los ist in der Welt außer Wirtschaftskrisen und Engagementlosigkeit.

Es ist erst 7 Uhr abends und die Lunte ist daher noch fast leer. Ein paar Stammgäste sitzen lesend und arbeitend an den Tischen. »Na, also«, sagt Hullo befriedigt, »schön warm ist es hier, da bleiben wir jetzt stundenlang!«

Elli hat gar nicht geahnt, wie herrlich diese heiße Linsensuppe schmecken wird. Sie blickt Hullo dankbar und fröhlich an. Er gefällt ihr so gut mit seinem unerschütterlichen Optimismus – sie findet ihn so nett, so gutmütig und lustig. Und dann blickt sie liebevoll auf Suse, der sie sich plötzlich so nah und befreundet fühlt wie noch nie. Das ganze Leben hat jetzt einen freundlichen und heiteren Beigeschmack bekommen und riecht nach Linsensuppe mit heißen Würstchen und Zuversicht.

»Es wird schon wieder werden«, sagt sie daher laut und blinzelt vergnügt in den Taschenspiegel, der heute ihr Bild so zurückwirft, daß es ihr endlich wiedermal gefällt.

»Natürlich wird es werden, kleines Indianermädchen, es muß doch werden.«

Hullos breite, warme, väterliche Hand liegt auf ihrem Nacken.

»Warum Indianermädchen?«

»Warum nicht Indianermädchen?«

Elli lacht bereitwillig. Eine ungeheure Last ist von ihren Schultern genommen worden in der letzten halben Stunde. Es tut so gut, zu lachen.

»Du bist ein guter Kerl, Hullo!«

»Freilich, freilich, wenn wir groß sind, heiraten wir.«

Alle drei sind jetzt so vergnügt wie Kinder, wenn der Lehrer mitten in der Stunde auf ein paar Minuten das Klassenzimmer verlassen hat.

»Du mußt mir mal Akt sitzen, komisches Indianermädchen ... ich werde dich in einen großen, breiten Lehnstuhl setzen, damit man deutlich sieht, wie klein du bist.«

»Ja, das machen wir, Hullo, das wird ein großartiges Bild werden.«

»Das wird es auch. Und dann werde ich dich meiner Lust opfern.«

Hullos breite, warme Hand fährt vom Nacken etwas tiefer in den Kleiderausschnitt und das findet Elli ungemütlich. Ihr Lachen klingt diesmal auch nicht so vergnügt. Sie würde gerne unbemerkt ein bißchen wegrücken, aber Hullo meint es ja nicht so ... und man will ihn nicht ärgern.

»Dieses komische Indianermädchen hat seit neuestem einen Freund,« sagt Suse, »ich kenne ihn, aber er gefällt mir nicht.«

Hullo nimmt seine Hand von Elli weg, um eine große, empörte Geste machen zu können:

»Du schwarzes, kleines Scheusal schläfst nicht mehr allein? Wer ist es denn?«

»Du wirst lachen, Hullo, ein blonder zwanzigjähriger Student ...« Suse ergreift mit Wonne die Gelegenheit, um sich Luft zu machen; ihre Stimme kippt beinahe über vor Zorn: »Er ist nicht hübsch, er ist nicht klug, er hat natürlich kein Geld!«

»Suse, du bist ein Ekel!«

»Das ist sie auf alle Fälle, aber die Beschreibung trifft auch auf mich zu ... Warum hast du dann nicht gleich mich genommen?«

»Kinder, laßt doch diese widerlichen Späße! Er ist hübsch und daß er kein Geld hat, ist selbstverständlich ... darüber braucht man gar nicht zu sprechen ... und er ist schrecklich lieb und reizend.«

»Und mit einem Wort, du liebst ihn! Daraufhin werde ich uns mal einen Kaffee holen ... Kinder!«

Hullo schiebt sich klein und energisch zur Theke und verlangt drei Kaffee mit viel Zucker und Milch.

»Ich weiß gar nicht, was du gegen Robert hast. Schließlich kannst du mir doch keine Vorwürfe machen, weil ich mir keinen Generaldirektor mit einem Auto und einer Villa in Wannsee geangelt habe.«

Suse malt kleine Männchen auf den Tisch und macht ein böses Gesicht: »Du weißt ganz genau, was ich dir vorwerfe.«

»Dr. Popper?«

Dr. Popper ist seit langem eine Streitfrage zwischen Suse und Elli. Er hat zwar auch keine Villa in Wannsee, aber immerhin ein Auto, und Suse findet ihn so verläßlich und viel beruhigender als »diesen Studenten«.

»Wenn er mir aber nun mal gar kein bißchen gefällt«, versucht Elli sanft zu erklären. »Soll ich mich für das tägliche Butterbrot verkaufen?«

»Es handelt sich nicht um Dr. Popper ...«

»Sondern um ...?«

»Es handelt sich ...«

Hullo ist mit dem Kaffee zurückgekommen und unterbricht Suse in ihrem aufgeregten Satz: »Es handelt sich darum, daß dieses komische, kleine, lackhaarige Mädchen lieben soll, wen es will. Dieses Geschöpf hat nicht für fünf Kreuzer Verstand! Laß sie doch, Suse – wolle nicht immer ihr Bestes!

Soll sie sich jetzt noch mit diesem kleinen Jungen verplempern ... es wird schon zu irgend etwas gut sein.«

Elli sieht hilflos und dankbar zu Hullo auf: »Hullo, Guter, schau ... er ist wirklich reizend ...«

»Klar, alle Menschen sind reizend ... Trink doch deinen Kaffee.«

Suse malt noch immer Männchen auf den Tisch und sagt: »Wenn einer kein Geld hat, ist das noch lange kein Malheur, aber wenn einer nicht zu uns gehört ...«

So, jetzt ist die Last wieder da und liegt gewichtig auf Ellis Schultern. Sie findet Suse taktlos, Hullo gleichgültig und fremd ... ach, wenn doch Robert plötzlich hereinkäme, wie gut doch alles mit einem Schlag wäre ...

»Wir wollen lieber meine Zeichnungen ansehen.«

Hullo holt die Mappe – Hullo zeigt her, Hullo ist voll Zuversicht. Glücklicher Hullo!

Es sind mittlerweile schon viele Stammgäste erschienen und die friedliche Dreisamkeit wird öfter durch Begrüßungen gestört. Der Dichter Mario Torrigani (Hullo schwört darauf, daß er Josef Gschwandtner heißt) will mit einem vornehmen »Tag, lieber Freund« vorübergehen, aber bei Suses und Ellis Anblick bleibt er stehen und fragt mit freundlichem Lächeln: »Wie geht es, Knabe Hullo?« – »Danke, und dir, Dichterfürscht?« – »So, so, lala!«

Marios schwarze, glänzende Augen sind endgültig an Suses blondem Haar hängen geblieben und er flüstert: »Möchtest du mich nicht bekannt machen?«

Man sieht es Hullo eigentlich ganz genau an, daß er nicht möchte, aber Mario ist für seine Zähigkeit gut bekannt; es hat keinen Zweck, gegen sein Schicksal zu kämpfen. Mario hat inzwischen mit einem weltmännisch gewandten: »Wenn ich nicht störe?!« einen Sessel nähergezogen und teilt seine Blicke und sein charmantestes Maharadschalächeln zwischen den beiden Mädchen.

Wenn er sitzt, sieht er gar nicht übel aus, muß Elli zugeben, denn an seinem rassigen, dunklen Gesicht und dem breiten Oberkörper ist kaum etwas auszusetzen, nur die kurzen Beine machen den armen Mann lächerlich. Wie oft mag er in stillen Stunden die schlechten Proportionen seiner Figur verwünscht haben, wie glühend wird gerade er alle großen, gutgewachsenen Männer beneiden. Man darf ihm sein gravitätisches Benehmen nicht verübeln ... soweit ist Elli in ihren stillen Betrachtungen gekommen und sie wendet sich jetzt mit einem energischen Ruck zu Mario:

»Sie sind Dichter?«

»Ja, gnädiges Fräulein, ich bin die notwendige Ergänzung zu Ihrer zierlichen Person ... ich bin ein Stückeschreiber ... ein Dramatiker ... ich versuche, die Probleme, die uns armen Männern den Kopf verwirren und die man für gewöhnlich kurz ›Frauen‹ nennt, zu Papier zu bringen.«

»Heut' kann er's wieder«, brummt Hullo vor sich hin und wirft einen ängstlichen Blick auf Elli, um zu ergründen, ob Mario auf sie Eindruck gemacht hat. Er will nicht haben, daß dieser ihr gefällt. Aber Ellis Gesicht ist ganz unbeweglich geblieben:

»Also Sie sind Dramatiker. Schade, daß Sie nicht Theaterdirektor sind.«

»O, warum? Ah, ich verstehe ... die kleine Dame sucht Engagement! Aber, wenn ich auch kein Theaterdirektor bin ...«

»Was nicht ist, kann noch werden«, unterbricht ihn Hullo ungeduldig, »vielleicht wird er demnächst Reinhardt bißchen entlasten. Sei auf alle Fälle freundlich zu ihm, Elli!«

Marios schöne gepflegte Hand macht eine entsetzt abwehrende Bewegung: »Hören Sie nicht auf diesen schlechten Menschen, Gnädigste. Ich hoffe, daß Sie zu mir freundlich sein werden, ohne eigennützige Motive bei mir zu vermuten. Ich habe die Männer nie verstanden, die auf diese Weise die Gunst einer Frau zu erpressen versuchten ...«

»Na, einstweilen bist du ja noch nicht bei Reinhardt. – Ich gehe jetzt, Kinder, wer geht mit?«

»Ich muß auf Richard warten«, wendet Suse ein.

»Wenn du mich begleitest, gehe ich nach Hause ...«

Und trotz Marios untröstlichem: »Gnädigste wollen uns schon verlassen ...?« hat Elli nach ihrer Mütze gegriffen, läßt sich von Hullo in den Mantel helfen und verabschiedet sich. Für heute hat sie wiedermal genug von den Kollegen.

»Vielleicht ist er ganz nett,« entschuldigt sich Hullo auf der Straße, »aber ich kann mir nicht helfen, mir geht er auf die Nerven.«

Das sind noch die glücklichen Tage, an denen es Elli gelingt, in die Lunte oder ins Café zu gehen, an denen es möglich ist, auf einige Stunden diesem trostlosen Zuhause zu entrinnen. Es gibt Tage, an denen man sich sogar danach sehnt, mit Mario zu sprechen. Man kann an solchen Tagen gar nicht glauben, daß es je wieder vorübergehen wird, dieses trost- und hoffnungslose Alleinsein. So ist es, so hat es zu sein. Die Erlebnisse, Vorwärtskommen und Darum-kämpfen-dürfen sind draußen, außerhalb dieser vier Wände, und die Menschen, die es erleben dürfen, sind weit weg von Elli.

Wenn man sich auf die Straße wagt, kommt man in allen Schaufenstern blassen, müdaussehenden Ellis entgegen ... man muß sich beschämt von diesem spiegelnden Glas abwenden, denn der Anblick einer unschönen, abgespannten Frau ist das endgültige Todesurteil. In diesen Schaufenstern liegen die Kleider, Kostüme und Mäntel, mit deren Hilfe man in einer halben Stunde jung, glücklich und zuversichtlich sein könnte. Es nützt nichts, sehnsüchtig vor diesen Fenstern stehen zu bleiben und sich in diesen englischen Mantel mit dem hohen, hellen Pelzkragen hineinzuträumen. Es nützt nichts, weiterzugehen, eine andere gutgekleidete Elli mit froher Haltung und elastischem Schritt vor Augen zu haben ... Mit gesenktem Kopf und verhaltenem Weinen läuft man dann nach Hause, böse auf diese Welt, die soviel Schaufenster, soviel Reichtum und Schönheit besitzt und die für Elli nicht ein bißchen Glück übrig hat.

»Ach, ist die Zeit langsam vergangen, Robert! Ich habe schon geglaubt, es wird nie wieder Samstag werden.«

»Du dummes Kind ...«

Es ist manchmal ein bißchen anstrengend für Robert, das ganze Glück für einen anderen Menschen zu bedeuten. Eine ganze, lange, strenge Arbeitswoche liegt hinter ihm, er möchte Uff machen, sein kleines Mädchen aus der Spielzeugschachtel holen und es sich auf den Schoß setzen.

»Nun, erzähl mal, was gibt es Neues, Kleinchen?«

»Es ist nichts zu erzählen.«

Denn wozu sprechen? Endlich wieder auf Roberts Schoß sitzen und sich verkriechen. Guter, lieber, einziger Robert!

»Nichts zu erzählen? Na, dann komm mal, Liebling, dann wollen wir Abendbrot richten.«

Das ist ein schwerer Entschluß, freiwillig von diesem Nest, das man sich an Roberts Schulter gebaut hat, wegzugehen. Aber was sein muß, muß sein.

»Du ißt ja gar nicht!?«

»Ich habe gar keinen Hunger ...«

»Mach keine Zicken und iß! Du siehst gar nicht so blühend aus! Noch eine Stulle, ja? Noch eine einzige. Was willst du drauf haben?«

Elli hat zwar ein Gefühl im Magen, als wenn sie nie mehr Stullen essen könnte, aber Roberts zärtliche Fürsorge rührt sie.

»Gut, noch ein Stüllchen mit Käse.«

Sehr müde und sehr faul liegt sie dann auf dem Sofa und genießt die wohlverdiente Zigarette.

Robert geht im Zimmer umher und macht Ordnung.

Ordnung machen ist eine der Leidenschaften Roberts.

»Ich bin so vergnügt, kleines Mädchen.«

»Ja, bist du vergnügt ... weshalb?«

»Na, weshalb? Weil Sonnabend ist, kleines Schaf. Und du, bist du nicht vergnügt?«

»Vergnügt? Ich bin schrecklich glücklich.«

»Mein frommes Geschöpfchen ... Komm, jetzt wirst du ausgezogen und in die Baba gelegt. Wo macht man das Kleidchen auf?«

»Das wird über den Kopf gezogen ... Warum bin ich ein frommes Geschöpfchen?«

»Du machst so einen frommen Eindruck ... Man könnte sich beinahe vorstellen, daß du an den lieben Gott glaubst.«

»Ich glaube ja auch an Gott ...«

Robert hat aufgehört, Elli beim Ausziehen zu helfen, und lacht laut und anhaltend:

»Du glaubst an Gott? Meechen, wie stellst du dir denn das vor? Er sitzt im Himmel droben auf einem goldenen Thron? Nicht?«

»Du bist zu dämlich, Robert. So stelle ich mir das natürlich nicht vor. Ich habe ja auch nicht gesagt, daß ich mir etwas vorstelle ... ich habe gesagt: Ich glaube ...«

»Na, erzähl mir doch, was glaubst du da?«

»Ich erzähle dir gar nichts, du bist mir viel zu dumm.«

»Ach, beleidigt, wie? Komm, komm, wieder gut

sein. Komm schön ins Bettchen, sonst erkältest du dich, kleiner Nackedei!«

Und noch immer laut lachend, drückt er sie an sich: »Du Kleine, Zärtliche, du ... Ich bin ja so blödsinnig verliebt in dich. Siehst du, das ist meine Religion. Nun, wer ist klüger, du oder ich?«

»Du bist ein Idiot!«

Am anderen Tage fällt dann Elli ein, was sie alles nicht erzählt hat. Wenn Robert nicht da ist, findet Elli hunderttausend Worte des Erzählens. Sie spricht des Nachts in ihr Kopfkissen, sie spricht untertags mit sich selbst, wenn sie durch die Straßen läuft. Wo ist dies alles, wenn sie endlich bei Robert ist? Gibt es bei Robert etwas anderes als seine Arme, seine Lippen? Kleine, heiße Schauer laufen durch ihren Körper, wenn sie an diese Arme und diese Lippen denkt. Tränen treten ihr in die Augen, wenn sie denkt, wie lange es wieder dauert bis zum nächsten Beisammensein. Sie kauert sich mit geschlossenen Augen in ihren Lehnstuhl zurecht und versucht sich dieses Zusammensein auszumalen. Besser, gütiger, klüger soll es sein als alle anderen Male bisher.

Dann muß sie die Augen öffnen und erkennt mit trostloser Genauigkeit, daß sie ganz allein ist. Von Mittwoch bis Samstag und von Samstag bis Mittwoch ist Robert so weit von ihr entfernt, als wäre sie auf einer anderen Welt. Elli sucht Trost in alten Rollen. Sie deklamiert zu Hause im finsteren Zimmer: »Das irdische Denken reicht nicht bis zu dem

Gedanken aus, daß es solche Qualen gibt. Ich stehe am Schandpfahl. Und kein Erwürgen möglich! Kein Selbstmord mehr! Gelächter über mir! Gelächter unter mir! Gelächter! Gelächter! Die Menschen bekommen Krämpfe vor Lachen, wenn sie die Erzählungen meiner Qualen hören!«

Wollte man nicht einmal der Welt zeigen, was eine Wedekinddarstellerin ist? Meine gute, alte Klara Hühnerwadl! Ist es wirklich schon so lange her, daß man dich mit allen Schauern des Erkennens studiert hat? Und Ellis Sehnsucht macht einen kühnen Sprung von Wedekind bis Hebbel; sie kniet nieder, breitet die Arme aus:

»Nein, das kann ich dir nicht schwören. Aber dies kann ich dir schwören, ob ich dich liebe, ob ich dich nicht liebe, nie sollst du es erfahren! Ich will dir dienen, ich will für dich arbeiten und zu essen sollst du mir nichts geben ... ich will mich selbst ernähren.«

Dicke Tränen rinnen über Ellis Wangen, und ganz im Sinne der Rolle wischt sie sich die Tränen mit einem Umhängetuch weg und stammelt weiter mit herzzerreißendem Lächeln:

»Ich will bei Nachtzeit nähen und spinnen für die Leute, ich will hungern, wenn ich keine Arbeit habe ... ich will lieber in meinen eigenen Arm hineinbeißen als zum Vater gehen, damit er nichts merkt.«

Und nun schleppt sich Elli auf den Knien in die Richtung, in der sie ihren Leonhard vermutet, und spricht weiter, von Schluchzen geschüttelt:

»Wenn du mich schlägst, weil dein Hund nicht bei der Hand ist, oder weil du ihn abgeschafft hast, so will ich eher meine Zunge verschlucken, als ein Geschrei ausstoßen, das den Nachbarn verraten könnte, was vorfällt.«

Elli steht mit zitternden Knien auf, und ihrer Stimme mit Gewalt einen festeren Ton verleihend, fährt sie schlicht im Text fort: »Heirate mich, ich lebe nicht mehr lange. Und wenn's dir doch zu lange dauert und du die Kosten der Scheidung nicht aufwenden magst, um von mir loszukommen, so kauf Gift aus der Apotheke und stell's hin, als ob's für deine Ratten wäre, ich will's, ohne daß du auch nur zu winken brauchst, nehmen – und im Sterben zu den Nachbarn sagen, ich hätt's für gestoßenen Zucker gehalten!«

O, Theaterdirektoren, Regisseure, Agenten, wo seid ihr alle? ... Man hat sich ein schlechtes Geburtsdatum ausgesucht. Seit man lebt, sind die Zeiten groß, aber unangenehm.

In der Zeitung steht Arbeitslosigkeit in Amerika, Arbeitslosigkeit in der ganzen Welt. Es steht wenig Trost in den Zeitungen für solche Ellis, nichts steht da von Jugend, Anmut, Talent und Karrieremachen.

Die Wirtin scheint keine Zeitungen zu lesen. Sie schiebt sich in ihrer ganzen ehrfurchtgebietenden Breite ins Zimmer und sagt:

»Nu, sachen Sie mal, Freilein, wie denken Sie sich das eigentlich?«

Wie Elli sich das denkt? Ja, macht denn sie Weltgeschichte? Sie, dieses kleine Wesen voll Ehrgeiz, Arbeitsfreude, Sehnsucht und Hunger?

Die Wirtin sagt: »Nu, sachen Sie, Freilein, wie komm' denn ich dazu, ich habe ja schließlich auch meine Verpflichtungen.«

Elli redet dem Wunder gut zu. Sie hat kein Geld mehr für die Straßenbahn. Es wäre gut, sich Herrn Regisseur Soundso und Herrn Direktor XYZ in Erinnerung zu bringen. Wenn ein Wunder geschieht, muß es bald geschehen. Nächste Woche ist es vielleicht schon zu spät.

Aber manchmal geschehen doch noch Wunder. Oder ist ein Rundfunkengagement in dreizehnter Stunde vielleicht kein Wunder? Mit einem einzigen Male Rundfunk kann man eine brummende Wirtin für kurze Zeit versöhnen, kann man wieder ungestört vierzehn Tage über den Korridor gehen, kann man telephonieren, kann man sogar ein bißchen essen.

So schön wäre das Leben, so leicht könnte es sein, wenn man ein bißchen Arbeit und Geld hätte. Denn da ist ja Robert, Robert, der sooo blond ist! Er ist nicht nur blond, er ist auch lieb und gut. Und so männlich. Nicht so ein Schwächling wie Henrik ... denn Henrik ist ein Schwächling! Erst hat Elli sterben wollen, aber dann hat sie beschlossen, ohne Henrik weiterzuleben! Ohne Henrik! Weiß ein Mensch auf dieser Welt, was so ein Entschluß bedeutet? Ohne Henrik, das ist ein Leben, das so arm und verlassen ist, das ist das Leben ohne Zärtlichkeiten und ohne Freuden, ohne Sommerreisen, ohne Küsse, ohne neue Kleidchen, ohne Liebe und ohne Freundschaft.

»Hast du auch genug zu Mittag gegessen?« hat Henrik jeden Tag gefragt.

»Hast du nach Tisch geschlafen? Hast du einen Wunsch?« Drei Jahre hindurch jeden Tag. Und eines Tages fragt das niemand mehr. Eines Tages ist Henrik ein Schwächling. So ist das Leben.

Ist sie denn nicht Mutters geliebtes Kind gewesen? Mutter, die beste und gütigste Frau auf dieser Welt, mit den zärtlichsten Händen. Elli erinnert sich gut an diese Hände auf ihrer fieberheißen Kinderstirne. »Wo tut es dir weh, mein Kind?« hat Mutter gefragt.

»Im Hals«, hat Elli gesagt und an die morgige Schularbeit gedacht. Für Schularbeiten hat sie wenig übrig.

»Du bleibst morgen zu Hause«, hat Mutter entschieden.

Das ist Mutter gewesen. Und dann ist Mutter gestorben. Wer hat dann gefragt, was dem Kinde wehtut? Welche kühle Hand hat sich auf Ellis Stirne gelegt, wer ist bei Elli, wenn Elli geweint hat? Nach Mutters Tod ist die große, große Einsamkeit gekommen.

So ist man dreizehn Jahre alt geworden und hat zum ersten Male eine ganze Nacht nicht schlafen können. Mit sechzehn hat man zum ersten Male den Glauben an die Menschheit verloren und den Gashahn wieder zugedreht. Das ist der Krach mit der besten Freundin, von dem viele, mit Tränenspuren verzierte Tagebuchseiten berichten. Sie heißt Charly. In ihrem Taufschein steht zwar Karoline, aber davon hat sie nicht einmal mit zehn Jahren Gebrauch gemacht. In ihrer ersten Englischstunde hat sie beschlossen, sich Charly zu nennen, und dabei ist sie geblieben. Charly mit den blonden Haaren, der großen Nase und den verschlafenen grauen Augen ist lange Zeit das Ideal weiblicher Schönheit und genau besehen Ellis erste Liebe. Mit Charly hat man »Poggfred« gelesen, mit Charly zusammen das Theater entdeckt und viele Stunden bei jedem Wetter an der Bühnentür verbracht, mit Charly hat man vierzehnjährig Gott und die Religion abgesetzt und mit fünfzehn an höhere Mächte geglaubt und schließlich beschlossen, daß es Dinge zwischen Himmel und Erde gibt, von denen sich unsere Schulweisheit nichts träumen läßt. Charly hat Gott und ihren Mitschülerinnen versprochen, dermaleinst ein lasterhaftes Leben zu führen. Gehalten hat sie es nicht.

Und dann hat Charly die Treue gebrochen. Sie hat gelogen und betrogen, sie hat Liebe und Treue verraten, und da hat zum ersten Male für Elli das Leben seinen Wert verloren.

Das ist mit sechzehn Jahren.

Und als sie achtzehn ist, kommt Henrik. Was ist Henrik? Ist Henrik die große Liebe? Henrik, aus dem Märchenbuch entstiegen, blond, mit grauen Augen, schön wie Jung-Siegfried, elegant wie Willy Fritsch. Ist er endlich, endlich Erfüllung nach soviel Enttäuschungen? Ist er Ersatz für Charly, ebenso lustig, ebenso ausdauernd, nur viel klüger und viel besser als sie? Oder ist Henrik bloß eine breite Männerbrust, an der man sich verkriechen und geborgen fühlen kann, so wie Mutter einst eine stille gütige Hand gewesen, die das Fieber gekühlt und die Angst im Herzen beruhigt hat.

Und eines Tages ist Henrik ein Schwächling. Eines Tages ist Elli krank und hat Fieber und ist sehr verlassen. In diesen Nächten, von denen er weiß, daß Elli 40 Grad Fieber hat und ein kleines, junges Leben in Gefahr ist, geht Henrik tanzen. Was nützt es da viel, wenn er am nächsten Tag immer wieder mit Obst, Bonbons und besorgtem Gesicht kommt; was nützt es da viel, wenn er von Reue und Alles-wieder-gut-machen spricht? Ja, selbst wenn er niederkniet und weint, er ist doch treulos und schlecht zu ihr gewesen, so wie damals Charly. Ja, eigentlich noch viel, viel schlechter.

Aber Robert wird nie so schlecht sein. Robert ist ein Mann. Robert wohnt nicht wie Henrik in einer eleganten Villa, Robert muß kämpfen wie sie, Robert studiert so, so ungefähr, wie sie beim Theater ist. Und wie hat Henrik studiert? Einfach lächerlich! Er hat um sein Studium nicht gelitten, so wenig wie er je um einen Menschen gelitten hat. Er kann gar nicht leiden, er ist ein junger Mann aus gutem Haus.

Zweites Kapitel

»Günther und ich schreiben die Texte, Richard die Musik. Der größte Teil ist sogar schon geschrieben. Das Ensemble sind wir. Wir könnten heute schon mit den Proben anfangen. Der kommerzielle Teil erledigt sich von selbst: was einkommt, wird geteilt.«

So spricht Hullo und sieht sich triumphierend im Kreise um. Suse schweigt. Herta sieht vorsichtig zu Herbert auf, Herbert schweigt, aber Elli strahlt. Elli ist die erste, die sich getraut, begeistert zu sein. Elli ist sofort bereit, alle Mühen mit Hullo zu teilen, die ganzen Peinlichkeiten eines neuen Unternehmens ohne Geld auf sich zu nehmen. Klingt das nicht nach »grünem Wagen«, ist das Ganze, was Hullo da gesprochen hat, nicht beinahe ein bißchen romantisch, ist es nicht märchenhaft schön, zu denken: Was einkommt, wird geteilt. Alles sind wir, wir die Musik, wir die Texte, wir die Kulissenschieber, wir das Ensemble, einer von uns muß an der Kasse sitzen, einer von uns die Plätze anweisen, kurzum, es ist genau das, was Elli sich schon immer gewünscht hat. Herbert setzt das Monokel fester und sagt entschlossen:

»Wir haben alle nichts zu riskieren, wir können es ja versuchen.«

Und Suse schließt sich zögernd mit der Frage an: »Und was soll ich tanzen?«

Damit ist das Stichwort gefallen, bei dem die

Lebensgeister sämtlicher Schauspieler erwachen: Was werde i c h ...?

In welchem Sketch wartet die Bombenrolle auf mich, in welchem Chanson kann ich endlich, endlich zeigen, wer ich bin? Kabarett ... ein Traum von ungeahnten Möglichkeiten steigt auf, ein Wort wird wach: Ausleben! Keiner weiß, wer es ausgesprochen hat, aber jedem ist klar, daß man es hier kann. Hier!

Dieses Hier! ist ein bescheidener Erster Stock in einem Kurfürstendammcafé, das ewig leer steht und daher billig zu haben ist. Hullo hat es ausgekundschaftet, Hullo hat mit dem Wirt gesprochen, Hullo hat bereits eine Bühne improvisiert und Hullo bringt jetzt, klein, stämmig und tüchtig, ein Plakat angeschleppt, das er entworfen hat: absichtlich primitiv, aber auf keinen Fall zu übersehen: Jazz!

»So wollen wir heißen, so wollen wir sein. Es ist der Rhythmus, der aus unseren Maschinen entstanden ist, der Rhythmus, in dem wir armen Hascherln schlecht und recht groß geworden sind und gehen gelernt haben. Jazz, so wollen wir es ihnen sagen, so wollen wir endlich, endlich zu Worte kommen. Modern wollen wir sein, Kinder, heutig wollen wir sein, aber wehe dem, der es wagt, hier mondän sein zu wollen.«

Nun, ist dies kein Wunder, diese Überfülle an Arbeit, die plötzlich über Elli hereinbricht? Es ist mehr als ein Wunder, es ist die große Gnade Gottes!

»Morgen ist die erste Arrangierprobe, mit Texten

und sonstigem Material. Versteht ihr mich? Und morgen bekommt außerdem jeder von euch eine Funktion ... es gibt noch eine Menge zu tun, außer Theater zu spielen!«

Robert kann es nicht verstehen. Robert sieht nicht ein, welches Glück es ist, endlich einen Haufen Arbeit zu haben. Er spricht von »keinerlei Verdienstmöglichkeiten«. Robert kommt schon wieder mit Bleistift und Papier, um genau vorzurechnen, wie aussichtslos dieser kindische Plan ist.

»Aber vielleicht ist es ein Sprungbrett ...«

»Du mißverstehst mich, mein Kind, ich habe nichts dagegen, wenn du da mittust. Ich will bloß nicht, daß du allzugroße Rosinen im Kopf hast. Ich will dich vor Enttäuschungen bewahren.«

So fremd kann ein Mann sein, so gemein fremd! Böse und feindselig wie ein »Alles-besser-Wisser« steht er vor ihr und begreift nicht, daß es jetzt bloß eines gibt: sich freuen!

»Ach, was! Du hast mich eben nicht lieb«, sagt Elli daher traurig.

»Gerade weil ich dich lieb habe.« Robert glaubt über soviel Unlogik verrückt werden zu müssen. Er möchte am liebsten dieses kleine unvernünftige Frauenzimmer nehmen und so lange hin- und herschütteln, bis es endlich seine Dummheit reumütig einsieht.

Elli weint. Kleine, stille Tränen. Sie spürt seine jähzornigen Worte wie Schläge. Er ist grob zu ihr, grob und eklig. Wie kann er sagen, daß er sie lieb hat, wenn er nicht einsieht, daß er ihr diese Freude nicht verekeln darf. So sitzen sie stumm nebeneinander und jeder denkt an die Schlechtigkeit des anderen.

»Hier ist Hedwig!« Hullos Stimme klingt, wie wenn er von den Kollegen eine Reverenz bis zur Erde erwarten würde. – »Hedwig ist d i e Schauspielerin, die einzige, die momentan lebt. Für euch, ihr Nichtskönner, muß man ja gute Texte schreiben, damit ihr Erfolg habt ... Hedwig kann den größten Quatsch sprechen, aus ihrem Munde wird er wie eine Offenbarung klingen ... Komm, Hedwig, zeige dem Volke dein köstliches Talent ... setzt euch, ihr Sklaven, und lauscht.«

Man sieht Hedwig an, daß sie sich bei Hullos wilden Reden nicht sehr wohl fühlt. Sie macht überhaupt einen verlegenen Eindruck, aber das kommt vielleicht daher, daß sie sehr groß ist, groß und blond. – So muß man aussehen, stellt Elli innerlich mit einem Seufzer fest.

»Komm, Hedwig, singe das Chanson, das ich dir gedichtet habe.«

»Ich kann es ja nicht singen, ich habe ja noch keine Musik dazu.«

Sie spricht so schüchtern wie eine Schülerin, die sich bei ihrem Lehrer entschuldigt, weil sie die Aufgabe nicht gemacht hat.

»Also, dann sage es einfach auf, das spielt ja bei dir keine Rolle ...« befiehlt Hullo ungeduldig.

Die Musik fehlt wirklich nicht, wenn sie spricht.

Das ist ja keine Diseuse, die das Lied von ihrem Liebhaber, der sie verlassen hat, singt – das ist eine Frau, die eine Geschichte erzählt, eine sehr kleine, eine sehr anspruchslose, sentimentale Geschichte. Sie erzählt es so nebenbei ... man hat ein bißchen Herzweh bei dieser Geschichte ... man hat auch ein bißchen Freude und man hat sehr viel Kameradschaftlichkeit für diese Frau dort oben.

Du lieber Himmel, was macht diese Frau aus den paar Worten! Das ist ja wirklich eine Offenbarung. Elli sitzt klein und zusammengekauert in ihrem Sessel und hat Tränen in den Augen vor Begeisterung.

»Und die hat Reinhardt sich entgehen lassen!«

»Bis jetzt,« sagt Hullo, »nur bis jetzt, er wird sie schon noch finden.«

»Hier,« fragt Elli zweifelnd, »hier?«

»Und warum nicht hier? Warum nicht hier? frage ich.« Hullo ist voll Empörung über diese Zweifel und soviel Kleinmut. Er macht eine verächtliche Handbewegung. – »Ah bah, was versteht denn du?« beendet er dieses Gespräch.

Elli hat das lebhafte Bedürfnis, sich mit der Neuen anzufreunden, aber sie findet keine Gelegenheit dazu. Nach der Probe ist Hedwig sofort verschwunden. Das ist auch am nächsten Tag nicht anders. Hedwig lebt nur, solange sie auf der Bühne ist. Die übrige Zeit sitzt sie stumm und apathisch herum.

»Wir kennen uns eigentlich schon vom Romanischen ... ich habe Sie schon öfter dort gesehen«, will Elli eines Tages ein Gespräch beginnen, aber mit »der Neuen« ist offenbar nichts anzufangen, sie versteht gar nicht, daß dies eine Liebeserklärung sein soll, und antwortet sehr leise:

»Ach, ich weiß nicht, ich komme ja bloß hin, um Zeitungen zu lesen ... ich bin ja immer allein.«

»Laß sie doch«, sagt Hullo, dem Elli ihr Leid klagt, »laß sie doch, sie wird schon auftauen mit der Zeit. Die war so lange allein, die hat das Reden schon halb verlernt.«

»Wo hast du sie denn her?« will Elli wissen.

»Ach so ...« Hullo macht eine unbestimmte Handbewegung, aus der kein Mensch klug werden kann.

Sie wird schon auftauen, tröstet sich Elli und beschließt, ihr das ganze Herz zu schenken.

Am klügsten ist man noch als Kind gewesen. Wie einfach ist da das Problem des Sichkennenlernens und Sichfindens. Man hat im Park das kleine Mädchen, das einem gefallen, gefragt: »Mäderl, willst du mit mir spielen?« Und damit ist alles in Ordnung. Aber Menschen, die lieben, sind immer klüger als andere, es ist, als ob man für die Dauer der ersten Liebe wieder auf kurze Zeit die Klugheit der Kinderjahre zurückbekäme.

»Wohnen Sie allein hier in Berlin?« beginnt sie eines Tages kühn das Gespräch.

»Ja, ganz allein.«

»Das habe ich mir gedacht, sehen Sie mal, da habe ich Ihnen etwas mitgebracht von wegen allein und so. Ich bin nämlich auch ganz allein und weiß, wie das ist.« Und mit der ganzen Freude des Schenkendürfens überreicht Elli zwei kleine schäbige Holzpferdchen ... oder sind es Hunde? Die Kunst, mit der diese kleinen Spielzeugtierchen hergestellt sind, ist so groß, daß über die zoologische Frage einige Zweifel bestehen.

»Nehmen Sie bloß, es waren vier Stück im ganzen, ich habe sie immer auf dem Nachttisch stehen. Die zwei gehören jetzt Ihnen. Es sind ganz vernünftige Tierchen. Man kann ihnen wirklich alles anvertrauen, was man auf dem Herzen hat.«

Diesmal hat sogar Hedwig begriffen, daß es sich um eine Liebeserklärung handelt, aber sie fühlt vorerst nur Staunen. Das ist schon so endlos lange her, daß man Geschenke bekommen hat, daß man hat schenken dürfen, daß man gesagt hat: Mein Freund ..., meine Freundin ..., mein Leben ..., meine Zukunft. Zwei ganze Jahre ist es her, daß man so lebt wie einer, der vergessen hat, rechtzeitig zu sterben. Zwei Jahre ... eine Ewigkeit! Sie hält die schäbigen Tierchen noch immer in der Hand und versteht nicht, zu danken.

»Ach, das ist aber schön,« sagt sie endlich töricht, »wo haben Sie denn die bloß her?«

»Die habe ich noch aus Wien.«

»Aus Wien? Von dort bin ich auch.«

»Aha, aus Wien ...«

Sie sieht endlich auf Elli, die wie ein ungeduldiges Fragezeichen vor ihr steht, bereit ist, Freundschaft zu schließen, Liebe und Vertrauen zu schenken. Und Hedwig spricht endlich und hört sich selber angestrengt zu. Alle Worte, die sie von früher kennt und die ihr für diese Situation passend erscheinen, kramt sie mühsam hervor. Aber Elli ist ganz liebende Glückseligkeit, taktlos und lärmend bricht sie in die Einsamkeit der anderen ein. Jeder neue Mensch ist eine neue Welt, wert, erobert und verteidigt zu werden ...

Da ist sein Herz, da ist seine Schulter, da ist sein Gesicht. Er schläft. Er schläft wie ein Kind. Elli kriecht noch näher heran und hört, wie er im Traum ihren Namen nennt und versucht, glücklich lächelnd einzuschlafen.

Ich liebe dich so, denkt sie. Ich habe einundzwanzig Jahre ohne dich gelebt, ich bin ein Kind gewesen, ich bin ein Mädchen, ich bin eine Frau geworden, ich habe geweint, ich habe gelacht, ich habe sterben wollen ... alles ohne dich. Und jetzt soll ich diese lange, lange Zeit einbringen. Ach, ist das schwer. Warum hilfst du mir nicht, Robert? Du sollst doch alles gutmachen. Weißt du denn das nicht? Du bist doch ein Mann, du bist klug, gut und treu. Ich bin doch deswegen am Leben geblieben, ich bin ja schon einmal fast gestorben. Wenn du mir jetzt nicht hilfst, wenn du mich jetzt nicht in dein Herz läßt, warum hast du mich dann damals nicht sterben lassen?

Henrik ist ein Schwächling gewesen! Aber wegen Henrik hat man doch nicht sterben dürfen, nicht wahr, Robert? Ich habe doch gewußt, daß es dich gibt, und bin deswegen nach Berlin gekommen. O, wie schwer ist es, dich zu lieben!

Henrik hat sein Herz und seine Gedanken in meine Hände gelegt. Und du, du hast zweimal in der Woche Elli, so wie ein anderer zweimal in der Woche ins Kino geht.

Nein, ich bin schlecht, ich bin dumm. Du bist ein Mann und Henrik ist kein Mann. Ich weiß ja, daß es so ist. Wenn eben einer ein Mann ist, so ein richtiger Mann, wie du, dann hat er es schwer, sich zu geben, dann kann er nicht so leicht sein Herz und seine Gedanken in die Hände einer Frau geben. Einmal werden wir uns ganz gehören. Du wirst mir dann nie mehr weh tun. Du wirst Freundschaft und Treue halten, du wirst nie tanzen, wenn ich krank bin, du wirst nie schwach und feige sein. Du wirst nie eine gute Partie machen!!! Du weißt nicht, wie lächerlich ein Mann ist, der eine gute Partie macht! Wenn es sein muß, dann will ich gerne für dich sterben, aber sei nie lächerlich, sei nie feig, Robert!

»Was ist los? Was hast du, du hast im Schlaf geschrien?«

»O, Robert, ich habe solche Angst ...«

»Du hast schlecht geträumt, schlaf weiter, Baby.«

»O, Robert, bitte, sag mir doch, daß du mich lieb hast.«

»Sei nicht hysterisch, du weißt, ich kann das nicht leiden.«

»Mir ist, als ob das gestern gewesen wäre, daß man mir das gesagt hat:

›Das macht doch alles nichts ... Sie sind ja noch so jung!‹ Und heute bin ich schon so alt, daß ich Ihnen sagen muß, was macht denn das alles, Sie sind ja noch so jung, Elli!«

»Aber Hedwig, was reden Sie denn da für Quatsch, wie alt sind Sie denn?«

»Dreißig oder zweiunddreißig, ich weiß es wirklich nicht so genau«, entschuldigt sie sich, als Elli lacht. »Man wird ja ganz irre von dem ewigen Jüngermachen.«

»Na, also sehen Sie, das lohnt sich doch noch: das Jüngermachen.«

»Nein, es lohnt sich nicht mehr, es ist bloß so eine Gewohnheit aus besseren Tagen.«

»Ja, aber Hedwig, was ist denn passiert, daß Sie so geworden sind, so wie Sie heute sind?«

»Ach, Liebling, es ist zu viel und zu wenig geschehen in meinem Leben. Das ist alles. Das kommt so allmählich, nicht mit einem Schlag ... nicht von heute auf morgen. Man kann nicht sagen, wann es angefangen hat. Erst war es bloß schlechte Laune ... dann hat man ein bißchen kokettiert damit und dann ist es ein Zustand geworden. Verzeihen Sie, kleine Elli, hören Sie nicht auf mich! Sie sind jung, Sie sind begabt, Sie sind hübsch.«

»Ich bin nicht hübsch, ich weiß es genau, und begabt sind Sie viel mehr als ich, und ich habe auch viel Kummer.«

»Das ist es ja, Kind, Sie haben Kummer! Wer Kummer hat, der hat auch noch Freude, der hat auch noch Ungeduld. Solange man Kummer hat, ist alles gut. Wer Kummer hat, lebt doch noch!!! Ich habe keinen Kummer mehr!«

»Verstehst du das, Hullo, verstehst du das, daß ein Mensch so sein kann, so werden kann. Daß einer solches Zeug zusammenspricht! Sie lebt nicht mehr! Ja, zum Donnerwetter, was tut sie denn, wenn sie nicht lebt?«

»Du sollst nicht so ungeduldig sein ... Du sollst ihr Zeit lassen. Sie lebt nicht mehr, weil sie die Gemeinschaft zu den Menschen verloren hat. Sie wird es schon wieder erlernen. Eines Tages wird sie diesen blödsinnigen Weltschmerz plötzlich vergessen haben.«

»Ja, aber was soll ich denn tun?«

»Nichts sollst du tun, lieb haben sollst du sie.«

»Ich hab sie lieb, Hullo, sooo lieb!«

»Ich weiß, kleines Indianermädchen! In deinem Herzen ist genug Platz!«

Na, also da hat man doch endlich wieder etwas Vernünftiges zu tun: Hedwig liebhaben! Hedwig braucht es! Ein wahres Glück, daß endlich einer da ist, der es braucht!

Man muß es Robert erzählen, diese enorm wichtige Angelegenheit, die Hedwig heißt. Doch das scheint wieder eines von diesen Dingen zu sein, über die man mit Robert nicht sprechen kann.

»Laß doch die Hand von diesem Frauenzimmer. Nach allem, was du mir da erzählt hast, ist es ein schwer hysterisches Ding, das dringend eine psychoanalytische Behandlung braucht.«

Nun ja, das ist eben Roberts Art, über die lebenswichtigsten Dinge zu sprechen.

Man hat auch unter den Prominenten seine Freunde. Nicht viele. Vielleicht nur einen, und das ist sicher einer, der momentan gerade nicht helfen kann. Aber es ist doch immerhin ein erhebendes Bewußtsein, mal mit einem Paul Grätz oder Fritz Grünbaum oder Heinrich George eingehakt über den Kurfürstendamm zu marschieren oder bei Reimann Kaffee zu trinken. Irgendeiner von den Großen hat sicher schon mal Gelegenheit gehabt, einer Suse, Herta oder Elli die Hand zu drücken und der »kleinen Kollegin« etwas Ermutigendes oder Beglückendes zu sagen. Wenigsten einen hat man, von dem man ohne Prahlerei sagen kann: Ach, mit dem bin ich sehr gut, der hält viel von mir!

Auch Elli hat so einen, dessen Name fettgedruckt auf den Programmen steht, dessen Bild in jedem Papierladen hängt und von dem die Leute sagen: Haben Sie ihn schon in seiner neuen Rolle gesehen? Also, das müssen Sie sich ansehen!

Wenn Elli nicht so schüchtern wäre, würde sie sich öfter bei ihm melden, denn er ist nicht nur ein Prominenter, sondern auch ein lieber, kluger und gütiger Mensch, und wenn er nicht sooo groß und berühmt wäre, könnte man ihn sogar viel besser und ungenierter gern haben – oder wenn man schon selber »dazugehören würde«, so daß man nicht immer das fatale Gefühl hätte, daß man eigentlich für jedes gute Wort »danke« sagen müßte. Außerdem findet Elli nach jedem Besuch bei ihm irgendwo einen zerknüllten Zwanzigmarkschein, und das gibt der Zahl ihrer Besuche in seiner Theatergarderobe gewisse Grenzen, die nicht zu überschreiten sind.

Meint er eigentlich sie, sie selbst, die kleine Elli, wenn er ihre Wangen streichelt und sagt: »Du bist ein liebes, gutes Mädl. Wenn ich alter Esel mich nicht genieren möchte, würde ich dir direkt den Hof machen!« – Vielleicht gilt das nicht ihr selbst, vielleicht sitzt sie vor ihm nur als Sinnbild eines jungen, strebenden Menschen, und wenn sich bei ihren Erzählungen eine düstere Falte auf seiner Stirne bildet, ist sicher ein Kummer in seiner Seele, der nicht auf ihre kleine Person allein konzentriert ist.

»Es ist wirklich nicht Faulheit, ich wollte oft schon mal was anderes machen, aber für einen wirklichen Beruf habe ich doch nichts gelernt ... ich wollte mal im Kino Platz anweisen, aber wissen Sie, daß auch dazu Protektion nötig ist?«

Mit diesem Menschen kann man über alles sprechen, ohne Angst vor seinem Unverständnis, auch ohne Angst vor seinem Mitleid.

»Du hast dich aber lange nicht bei mir anschauen lassen«, sagt der große Schauspieler Hoffmann heute, als Elli bei ihm eintritt. »Setz dich! Gut siehst du aus!! Gibt es etwas Neues?«

Elli sieht ihm bei der interessanten Arbeit des Schminkens andächtig zu, legt die Hände übers Knie und sagt, jedes Wort betonend:

»Es gibt wirklich etwas Neues!«

»Was denn? Hast du Engagement?«

»Noch schöner! Wir machen uns selbständig! Wir machen ein Kabarett auf! Wir: Hullo ... Herta ...

Richard ... Suse ...« Elli rückt näher und erzählt und erzählt. Sie schildert temperamentvoll dieses neue Theater zehn junger Menschen, sie baut es in fünf Minuten mit wilden Gesten vor ihrem Freund auf, so daß er manchmal seinen Teintstift sinken läßt, um ungestörter hinhören zu können. »Donnerwetter«, sagt er manchmal dazwischen, »Donnerwetter!« Und als Elli erschöpft und triumphierend eine Pause macht, wendet er sich zu seinem Garderobier: »Sehen Sie mal, das ist eine Jugend! Nicht umzubringen! Wenn man diesen Kindern keine Arbeit gibt, dann nehmen sie sich einfach eine. Ist doch großartig, wie? Man bekommt direkt wieder neuen Lebensmut, wenn man sich sowas anhört! Also, da muß ich hin, das muß ich mir ansehen. Wann macht ihr denn auf?«

»Eigentlich wollten wir schon Mitte Dezember aufmachen, aber vor Neujahr wird's wohl nichts werden ... es ist doch 'ne ganze Menge Arbeit dabei.«

Das Klingelzeichen ruft Hoffmann auf die Bühne und unterbricht das Gespräch. Elli bleibt allein in der Garderobe zurück. Sie ist stolz und glücklich. Hoffmann hat so wunderbare Worte von ihnen allen gesprochen, ihr ist zu Mute, als wenn alle Zweifel, alle Zukunftssorgen von ihr genommen wären. Sie sieht das Motto vor sich, das sie als fünfzehnjähriges Mädchen über ihr Tagebuch geschrieben hat: Vorwärts, aufwärts! Es können doch unmöglich seither schon wieder sechs Jahre vergangen sein. Sie sieht in den Spiegel und sagt laut: Einundzwanzig Jahre alt! Aber es geht gar nicht sie an! Das, was ihr heute entgegensieht, ist ein junger, lachender, zuversichtlicher Mensch mit blanken Augen, unter denen keine Schatten liegen. Es ist noch keine sechs Jahre her, daß sie fünfzehn Jahre alt war, nicht einmal sechs Tage!

Hoffmann ist in Begleitung des allmächtigen Regisseurs in die Garderobe zurückgekommen, mit dem Manne, dessen Namen man mit Ehrfurcht in der Zeitung liest, den man selbst höchstens mal von weitem gesehen hat und um den sich 1001 Wunschtraum dreht. Aber mit ihm in einem Zimmer zu sein, ganz nahe, bloß drei Schritte entfernt, und mit den Worten: »Das ist die kleine Kollegin, von der ich dir eben erzählt habe« vorgestellt zu werden, seine Hand ergreifen zu dürfen, solche Dinge malt man sich zwar immer aus, aber man erlebt sie doch nicht wirklich! Solche Minuten können der entscheidende Wendepunkt im Leben sein! Er ist der Mann, vor dem schon viele, kleine, zitternde Ellis gestanden sind und die dann einen Weg hinauf gegangen sind, ganz kerzengerade immer hinauf, bis ihr Name ohne Herr und Frau voran, einfach »die oder der Soundso« fester Begriff in aller Menschen Hirn wurde!

Der allmächtige Regisseur sieht Elli lächelnd an:

»Ich freue mich sehr, gnädige Frau – – – Ich hoffe, daß Sie mich verständigen werden, wann und wo die Sache starten soll.«

Mein Gott, ich gefalle ihm! kann Elli bloß denken und dann sagt sie sehr stotternd und gar nicht so damenhaft und erwachsen, wie es sich für eine solche Situation gehört: »O, Sie wissen schon?«

»Seit fünf Minuten, gnädige Frau!« und nach einer kleinen Weile: »Sie sind ja noch sehr jung!«

»Ich ... ich, ich bin schon neunzehn.«

»Das müssen Sie aber nicht zugeben. Sie wirken viel jünger!«

»Heut' siehst du aus, wie fünfzehn«, mischt sich Hoffmann ins Gespräch ... »Ist daran auch das neue Kabarett schuld oder hast du einen Freund?«

»Beides!« sagt Elli übermütig und strahlend.

Was wird Hullo zu all dem sagen? denkt sie und möchte eigentlich schon wieder bei der Türe draußen sein, um den Kollegen alles haarklein erzählen zu können.

»Auf Wiedersehen, gnädige Frau«, verabschiedet sich der Regisseur und verbeugt sich vor ihr, wie vor »einer Erwachsenen«, wie Elli mit Befriedigung feststellt, und setzt hinzu: »Im übrigen, pardon: Dr. König!« Als ob es nötig wäre, daß e r sich vorstellt!

»O, wenn ich erst mal als lebendige Visitenkarte durchs Leben gehe, stelle ich mich nicht mehr vor«, sagt Elli daher.

Sie geht an diesem Abend nach Hause und denkt immerfort in singendem Ton: Ich bin erst fünfzehn Jahre alt, ich bin erst fünfzehn Jahre alt!

Robert hat manchesmal eine Art und Weise, Dinge von weltgeschichtlicher Bedeutung nicht zu kapieren, daß man sich darüber die Haare ausraufen möchte. Elli kann ihm hundertmal die Szene in

Hoffmanns Garderobe vorspielen ... alles genau nachmachen, was König gesagt, wie er es gesagt hat, vielleicht sogar ein bißchen ihre Phantasie zu Hilfe nehmen, um es noch schöner und herrlicher zu gestalten ... nocheinmal genau schildern, wie sehr man an diesem Abend fünfzehnjährig ausgesehen hat, er sagt darauf gemütlich:

»Ich sage doch schon lange, daß du ein kleines Mädchen bist. Ich sagte sogar vierzehn. Also um ein ganzes Jahr bin ich höflicher als der alte Dussel!«

»Ja, aber Robert, verstehst du nicht, König, Dr. König! ...«

»Ach, Quatsch, er soll dir nicht schöne Augen machen, er soll dich an seine Bude engagieren ... dann lasse ich mit mir über diesen Mann reden.«

Wenn man versuchen will, zum hundertsten und letzten Male die tiefe Bedeutung dieses Zusammentreffens klarzumachen, kann er sogar ganz ungemütlich werden und die dümmsten Sachen sagen:

»Ich glaube gar, du hast dich in diesen Theaterfatzken verliebt, weil du gar nicht aufhören willst, von ihm zu reden!« Oder:

»Ach, Quatsch, so'n Affe glaubt auch, er braucht bloß einmal mit den Wimpern zu klimpern und so'n kleines Wurm wie du läßt alles mit sich geschehen. Sei bloß vorsichtig mit diesen Leuten!«

Bei der Jazzbande hat Elli entschieden mehr Glück mit ihren Erzählungen. Sie können gar nicht genug davon hören und ein ununterbrochenes: »Also du, er hat wirklich gesagt, daß er herkommt?

Wann will er denn kommen ... so erzähl doch schon!« hagelt auf Elli nieder, die beglückt immer und immer wieder jede gewünschte Auskunft gibt.

Suse beschließt, das Alter von neunzehn Jahren endgültig festzuhalten, und erklärt: »Idiotisch, wenn du mehr zugibst!«

Sie hat auf Ellis ziemlich abgetragenen Wintermantel einen Pelzkragen spendiert, den sie ihr annäht, und sagt: »Bloß bißchen Geld, damit man etwas für deinen äußeren Menschen tun kann, und du wirst dich wundern, wie nett und jung du wieder aussiehst.«

Und um die Frage: Was dann? unbarmherzig herumgehend, beschließt Elli, zehn Mark von den letzthin erhaltenen zwanzig (Hoffmann) für ein Paar neue Schuhe anzulegen. Schuhnummer fünfunddreißig zu haben, ist manchmal ein materieller Vorteil, der einen über die sonst oft geschmähte Tatsache, daß man »aber sooo klein ist«, schon ein wenig hinwegtrösten kann.

Hullo malt Plakate, groß und schön verrückt, wie er sagt. Jazz steht auf den Plakaten, bloß Jazz. Elli sieht andächtig zu:

»Hältst du es nicht für ein bißchen verlogen, daß wir uns Jazz nennen? Jazz klingt entschieden nach mondän, findest du nicht?«

»Nein, ich finde es nicht!« Hullo malt weiter. Ein wunderschönes unleserliches J ist eben an der Reihe. »Ich finde bloß, daß heutzutage eben alles Jazz ist, was man hört und was man sieht. Man demonstriert in diesem Rhythmus, man malt in diesem Rhythmus ... und du gehst so! Haste das noch nicht kapiert?«

»Ja, denn wenn ich nein sage, erklärst du mir's nochmal und dem bin ich nicht gewachsen.«

»Undankbares, lächerliches Geschöpf!«

»Und glaubst du, daß die Leute, die zu uns kommen werden, das verstehen?«

»Wenn sie kommen, klopf doch auf Holz!«

»Ich klopf' ja schon, aber glaubst du es?«

»Optimismus ist aller Laster Anfang! Ich glaub's! ... Du siehst schlecht aus, hast du Kummer?«

»Ich weiß es nicht genau. Sag mal, Hullo, aber ehrlich: Findest du eigentlich, daß ich ein hübsches Mädchen bin?«

»Warum fragst du gerade mich, wenn du weißt, daß ich dich begehre? Frage doch Herbert, der findet dich ausgesprochen scheußlich.«

»Ach, dieser Esel!«

»Siehst du: Menschen, die uns scheußlich finden, sind dumm. Und was willst du noch wissen?«

»Ich möchte wissen, wie ich bin. Ob ich so bin, daß die Jungens über mich sprechen, wenn ich nicht dabei bin, und wie sie da sprechen. Was sagst du, wenn einer Elli sagt? Unlängst hat einer von Suse gesprochen, da hast du gleich gerufen: Suse, Donnerwetter, die könnt' mir's abbetteln! Auf die Hedwig sagt ihr alle: Wunderbare Erscheinung! – Was sagt ihr von mir?«

Hullo sieht sie lächelnd an: »Mein kleines Schäfchen, das kann ich dir sogar genau sagen: Die kleine Elli, ein liebes Mädel!«

»So, aha ... hmhm ...«

Also, ein liebes Mädel! So hat Henrik immer geschrieben, auch gesagt hat er es oft. Es ist immer so ein bißchen Rührung dabei in seiner Stimme gewesen: Mein liebes Mädel! Und was sagt denn Robert in seinen festeingeteilten Liebesstunden Mittwoch und Sonnabend ...?

»Du, sag mal, Kleines ...?«

»Ja, Hullo, was gibt's?«

»Na, dich drückt doch was! Sonst würdest du nicht soviel Unsinn auf einmal reden. Was geht denn vor in deinem dummen, kleinen Kopf?«

»Ach, Hullo ...!!!«

»Weißt du, was ich glaube?«

»Nun?«

»Der Junge, der Robert, dieser blonde, dämliche Student, der ist nichts für dich. Das ist ein schauerlicher Spießbürger mit allen Vorurteilen des Bürgertums, bloß ohne Geld! Schick ihn weg! Deine Nerven gehen ja drauf bei dieser lächerlichen Affäre.«

»Du tust ihm unrecht. Er ist so lieb, bloß ...«

Ach, was nützt das Reden. Kann man denn jetzt zu Hullo sagen: Ich habe ein Verhältnis mit einem Mann, der nicht mit mir befreundet ist? Ich halte das nicht länger aus. Nein, das kann man nicht sagen!

»Nun, bloß! Was ist bloß? Welche Kleinigkeit stimmt nicht an diesem Goldjungen? Haut er dich, schickt er dich auf die Straße? Aber was ist denn los mit dir? Du heulst ja?«

»Ich getraue mich nicht nach Hause, Hullo! Hullo, ich bin schon wieder zwei Monate Miete schuldig. Ich kann einfach nicht mehr nach Hause gehen.«

Gottlob, es fehlt nicht an Gründen für diese beschämenden Tränen. Von Robert kann man nicht zu Hullo sprechen. Ach, zu niemandem auf der Welt kann man über Robert sprechen.

Hullo legt seufzend die Arbeit fort. Es nützt nichts. Mädchen, die weinen, müssen getröstet werden. Man muß ihnen den Nacken kraulen, die Schulter klopfen und in singendem Ton: Na, na, na sagen. Wenn man das nicht tut, ist man roh und halb vertiert.

»Weine man nicht, kleines, dummes Schaf. Schlafe doch heute nacht bei dem Deinigen. Ist doch sehr einfach.«

»Heute, heute ... Montag?«

»Na, was ist denn los? Montag hat der die andere oder weshalb bist du so erschrocken?«

Heute, plötzlich zu Robert gelaufen kommen, als wenn er Henrik wäre, und sagen: Ich komme mit meinem Kummer zu dir. Hilf mir! Nein, das geht nicht. Sie fühlt es mit furchtbarer Beschämung, daß es nicht geht, und sagt leise zu Hullo: »Das hat ja keinen Zweck. Morgen und übermorgen und all die anderen Tage muß ich ja doch nach Hause gehen. Es ist ja damit nichts gewonnen.«

Hullo spürt ein komisches Würgen im Hals. Was

ist los mit diesem kleinen Frauenzimmer? Wieviel Kummer trägt es tapfer und unerkannt in seinem kleinen, übervollen Herzen! Er zieht sie näher an sich, krault ihr den Nacken, den schmalen, hilflosen Nacken, den er so rührend findet.

»Na, na, na«, sagt er leise in singendem Ton.

Er tröstet mich, denkt Elli. Wie gut er ist! Ein fremder Mensch ist gut zu mir.

Bayreutherstraße 3. Acht Uhr fünf Minuten. Robert ist noch nicht zu Hause.

»Ich werde warten, Fräulein.«

Roberts einsames Zimmer. Sein Schreibtisch, Bücher, Bücher, dicke Bücher! Ihre Feinde, ihre Rivalen! Hefte, Hefte, viele Hefte, angefüllt mit Roberts Krakelschrift. Nein, diesen Schreibtisch hat sie nicht lieb, der immer mehr Platz in Roberts Leben einnimmt. Wie grob und klotzig er dasteht, fest und unerschütterlich. Das ist ja unlauterer Wettbewerb, so etwas. Natürlich kann man mit so einem Kerl nicht konkurrieren, klein und zart, wie man selber ist ...

Hier Roberts Bücherkasten. Das ist schon eher etwas, da findet man doch noch ein paar gemeinsame Freunde: Thomas Mann: Die Buddenbrooks ... Dostojewskij: Aus einem Totenhause ... Andersen: Bilderbuch ohne Bilder ... Alles wüst durcheinander. Komisch, dieser Junge! Bei den Dingen, bei denen Ellis Ordnungssinn anfängt, hört der seine auf. Diese lieblos eingeordneten Bücher tun direkt weh in den Augen.

Acht Uhr dreißig! Robert soll mich nicht warten lassen. Ich kann das nicht leiden. Krach, macht das Schloß ... krach ... rum ... bumm ... bummm ... Elli schaut auf: jetzt ist er da, gleich wird die Türe quietschen ... tapp, tapp machen die Schritte, große, gewichtige Männerschritte, und gehen ruhig an der Türe vorbei. Der andere Mieter ist nach Hause gekommen.

Nein, so unpünktlich darf man nicht sein. Robert, das ist eine Gemeinheit! Elli kann nicht mehr sitzen, rennt auf und ab, auf und ab. Heute muß sie es ihm sagen: Ich bin böse, ganz böse. Ich hab' dich nicht mehr ein bißchen lieb ...! So benimmt sich ein Rotzbub, verstehst du, aber kein M a n n !!!

Neun Uhr. Jetzt wartet sie schon eine ganze Stunde. Länger kann sie aber nicht warten. Das wäre würdelos. Sie geht zum Schreibtisch, zu diesem großen, groben Feind ... Hier aus Roberts geheiligtem Notizbuch eine Seite rausgerissen, ritsch, ratsch! ... justament ... geht sie gar nichts an.

»Lieber Robert, ich habe bis 9 Uhr 10 Minuten gewartet und bin sehr erstaunt. Elli«

Sehr gut gesagt! Noch irgend etwas dazuschreiben? Aber nein, je weniger, desto besser. Kein Wort, keinen Gruß dazu. Und jetzt diesen Zettel groß und breit auf den Tisch gelegt, nicht zu übersehen! Elli horcht hinaus: ob er jetzt noch kommt? Das Herz schlägt hart und wild. Mantel angezogen, Mütze auf ... Vielleicht kommt er gerade jetzt. Ja, denkst du, ich warte hier stundenlang, bis es dir beliebt, endlich zu erscheinen? ... Nein, es bleibt still, ganz still. Aber das ist ja Wahnsinn! 9 Uhr 25 Minuten. Ist Robert verrückt geworden? Hat er den Tag verwechselt? Er ist nicht nach Hause gekommen ... Heute, Mittwoch abend? An ihrem Tag? Sie geht langsam und mutlos zur Türe. Also weggehen, ohne Robert gesehen zu haben? Aber das geht ja gar nicht. Es ist halb 10 Uhr geworden. Das Haustor ist ja schon lange zu. Sie kann doch hier nicht der Hausgehilfin sagen: ...! Nein, das kann sie wirklich nicht! Das ist ganz unmöglich! Also nochmals ins Zimmer zurück, Hut und Mantel ausgezogen, und wenn Robert kommt: Bitte, sei so lieb und sperr mir das Haustor auf! Es tut mir ja leid, daß du meinetwegen nochmals hinunter mußt, aber ich wollte die fremden Leute nicht belästigen. Du wirst das verstehen können. Ach, du hast den heutigen Tag vergessen, ist ja schade, aber das macht fast gar nichts. Was entschuldigst du dich so viel? ...

Und dann sucht Elli nach einem Schimpfwort, nach einem ganz gemeinen Schimpfwort. Sie müßte ihn schlagen, sie müßte ihn mit der Faust ins Gesicht schlagen ... sie müßte ...!

Sie ist todmüde. Den ganzen Tag hat sie fast ununterbrochen Probe bei den Jazzleuten gehabt, plötzlich spürt sie, wie weh ihr alle Glieder tun, plötzlich spürt sie, daß sie ganz gemeinen Hunger hat. Wieso sitzt sie da in einem fremden Zimmer in Berlin in einem unbequemen Lehnstuhl und wartet auf einen Mann, der vergessen hat, nach Hause zu kommen? Es ist ja gar nicht tragisch, es ist lächerlich. Warum sich alle Männer lächerlich benehmen, wenn man sie schrecklich lieben will? Elli möchte weinen. Elli möchte schlafen.

Noch einmal macht das Schloß: ruck, ruck, bumm, bumm. Frauenschritte laufen an der Türe vorbei. Irgend jemand ist nach Hause gekommen. Die Stunden rennen gleichmäßig an ihr vorbei und lassen sie allein im fremden Zimmer. Es ist kalt, kalt, kalt. Das Feuer ist schon lange ausgegangen. Der Magen macht einen schrecklichen Lärm. Er möchte warme, gute Sachen haben. Irgend etwas Wirkliches, Heimatliches ... Spinat mit Ei ... Rindsuppe ... Milchspeise mit Rosinlein ... Nie wieder Würstchen mit Salat, bitte, bitte! Sie hat einen bösen, schalen Geschmack im Mund, der Kopf brennt. Rrrrrrrr, macht es über dem linken Auge. Sie muß sich staunend anfassen, so fremd ist sie sich mit einemmal.

Sie hat doch eine Mutter gehabt und eine Kindheit, eine schöne, klare, behütete Kindheit. Lisi hat das Mädchen geheißen, das mit ihr in den Park gegangen ist, das sie an der Hand geführt hat: ein großes, rotwangiges, breithüftiges Mädchen. Und Elli ist an ihrer Seite gegangen, vierjährig und zierlich mit einem weißen Mäntelchen und einem weißen Piquéhut.

Iß schön brav dein Schinkensemmelchen, sei ein gutes Kind ... Und der Burggendarm mit der strahlend schönen Uniform ist Lisis Verehrer gewesen. … Trink brav deine Milch, mein Kind, und immer hübsch einen Bissen von der Schinkensemmel dazuessen ... Nun, war's schön im Park? hat Mutter gefragt. Und dann hat Mutter Elli zu sich aufgehoben, der kleine Körper hat eine kurze, beglückende Reise durch die Luft gemacht und ist an Mutters Herz gedrückt worden.

Diese Bilder sind jetzt siebzehn Jahre alt. Warum kann man nicht die Türe aufmachen und hinauslaufen ... warum kann man nicht in seine vierjährige Haut zurückkriechen und zu Mutter gehen?

Ruckruckbummbumm, macht das Schloß und diesmal ist es ganz bestimmt Robert, aber es hat gar keinen Zweck mehr. Das Licht flammt auf und tut den Augen weh.

»Du, du bist da? Ja, hast du denn meine Expreßkarte nicht bekommen?«

Elli tastet sich langsam zurück: ins einundzwanzigjährige Dasein ... in den Lehnstuhl ... in das Zimmer ... Berlin W 15, Bayreutherstraße 3, zwei Treppen hoch, und blinzelt mit müden Augen zu ihrem Freund hinüber, der eine lange, umständliche Geschichte erzählt und immer wieder fragt: »Ja, hast du denn meine Expreßkarte nicht bekommen?«

»Es hat wenig Sinn, eine Expreßkarte zu schreiben, wenn du schon in letzter Minute absagen mußt. Du weißt doch, daß ich oft den ganzen Tag nicht nach Hause komme. Warum hast du nicht bei den Jazzleuten angerufen?«

Elli wundert sich, daß sie es ist, die so spricht.

»Laß mich jetzt nach Hause gehen, ich bin todmüde.«

»Also du willst durchaus bocken, du läßt dir nicht erklären ...«

»Erkläre mir alles, was du willst, aber nicht heute. Ich bin krank vor Müdigkeit und Schlaf.«

Nanu, denkt Elli verwundert, ich rede ja so komisch. Robert läuft vor ihr die Treppen hinunter, auf seinem Gesicht ist Kummer und Verlegenheit. Elli lächelt schlaftrunken und weit weg. Ihr Körper gehorcht ihr wie in Trunkenheit ... sie spürt sich selbst unendlich weit entfernt.

»Adieu, kleiner Robert«, und sie wundert sich, daß sie ihn küßt.

Zu Hause, in ihrem Bett, fällt ihr ein, daß sie Kummer hat. Er bohrt unaufhörlich an ihrer Brust, das Herz tut weh bis in die Handgelenke. Rrrrrrrrr, macht es über dem linken Auge ... nicht immer so allein sein müssen, ich will auch ein gutes Kind sein.

Und dann fällt endlich der Schlaf wie eine Decke über sie und sie spürt nichts mehr, nicht einmal, daß sie Hunger hat.

Am besten im Leben ist noch die Arbeit. Suse sagt es auch. Suse ist ja eigentlich ganz zufrieden mit ihrem Richard, aber auch sie sagt, daß die Arbeit das beste Ding von allen Dingen ist.

Sie geht mit Elli den Kurfürstendamm hinunter und erklärt ihr: Das Mädchen vor dem Rendezvous. Das ist der Tanz, den sie mit Richard einstudiert.

Sie hat ihn erfunden und Richard hat ihn komponiert. Man kann nicht sagen, daß im Kabarett »Jazz« ein Mensch arbeitet, der unproduktiv ist! Elli hört zwar andächtig zu, aber ganz bei der Sache ist sie doch nicht. Sie hat ihr Rollenheft zärtlich an sich gedrückt und denkt an ihr Chanson ... ihr Chanson, das Hullo eigens für sie gedichtet hat. »Hullo, paß auf«, hat sie ihn eines Tages bestürmt, »ich habe eine großartige Idee. Du mußt mir das dichten: Eine Frau, die ihrem Mann alles mögliche prophezeit, wenn er sie verlassen will: sie wird sich töten, sie wird aus Verzweiflung Dirne ... Sie wird sich ganz ladylike benehmen und gar nichts tun und zum Schluß, weißt du, zum Schluß schreit sie ihn einfach an: ›Aber, mein Lieber, Schluß machen darf nur einer, und das bin ich!«

Großartige Idee von Elli! Und heute hat ihr Hullo, der gute, brave Hullo, das Lied fix und fertig gebracht (Musik von Richard). Elli denkt also an ihr Chanson und hört dabei Suse zu, die von ihrem Tanz erzählt. Sie begleitet ihre Reden mit wilden Gesten und kleinen Sprüngen, denn »Das Mädchen vor dem Rendezvous« wird d e r Tanz werden, d e r Tanz schlechtweg!

Beim Gloriapalast bleiben beide stehen, um die Bilder der Tonfilmpremiere zu betrachten.

»Da guck mal, das ist der neue Star, den die Ufa entdeckt hat: Rita Mahren, sieht gut aus, nicht wahr?«

»Wo ist sie denn?«

»Na, hier doch, sieh!«

»Ach nee, ach nee!« Elli ist fassungslos. »Du lieber Gott!«

»Kennst du sie?«

»Und ob! Das ist doch Grete Mayer, die mit mir beisammen bei Forest studiert hat. Schau, schau!«

Das ist Neid, ganz gewöhnlicher, häßlicher Neid, stellt sie innerlich fest. Aber Suse darf man davon nichts merken lassen. Neid ist eine ganz gemeine Sache und Suse darf auf keinen Fall erfahren, welch niedriges Wesen sie ist. Sie sagt also harmlos und fröhlich:

»Mit wem spielt sie denn?«

»Jagd nach Rita, eine lustige, musikalische Angelegenheit, mit Rita Mahren und Gustav Fröhlich in den Hauptrollen«, liest Suse vor. »Na, also mit deinem Liebling, Gustav Fröhlich.«

Das auch noch, denkt Elli. Laut sagen darf man so was nicht, aber sie kann es nicht ändern, daß ihr mit einemmal die ganze Laune verdorben ist, und mit Verachtung blickt sie auf das Jazzkabarett und alle Zukunftspläne. Was ist das alles im Vergleich zu den glänzenden, protzigen Photos: »Jagd nach Rita ... und Gustav Fröhlich in den Hauptrollen«.

Sie hat nichts dagegen, daß Suse sie von den Photos wieder fortzieht und weitergeht, aber jetzt kann sie überhaupt nicht mehr zuhören. Vor ihren Augen tanzt eine schöne, elegante Frau in Sport- und Ballkleidern, sie winkt aus einem Auto, sie gleitet über spiegelndes Parkett, sie liegt in den Armen Gustav Fröhlichs und alle Bilder sagen dasselbe: Nie wirst du diese Karriere machen, Elli!

Pfui Teufel, wie scheußlich ist das doch, so neidisch zu sein!

»Weißt du, wie du schläfst, Ellmädchen? Wie wenn du im Traum immerfort küssen möchtest. Sieh' her, so:« Und Robert schließt die Augen, spitzt die Lippen, legt beide Arme unter den Kopf und atmet friedlich. »So schläfst du, aber immerzu. Ich habe noch keinen Menschen gesehen, der so schläft.«

»Aber ich weiß doch gar nichts davon.«

»Natürlich weißt du nichts davon, das ist ja eben das Niedliche daran, kleines Ellkind ... Was macht denn euer Kabbarett?«

Robert betont jedesmal, sooft er das Wort ausspricht, die erste Silbe, weil er ein Berliner ist. Elli findet das sooo scheußlich, sie wartet jedesmal mit angespannten Nerven auf dieses »Kabbarett«, sooft das Wort bevorsteht, und jedesmal sagt er es ebenso.

»Das Kabarett«, – o, wie sehr betont sie die letzte Silbe, aber er merkt es nicht und bleibt ganz behaglich – »das Kabarett wird sehr bald eröffnet werden, mein Guter!«

»Aha, da werden die Berliner aber mal schauen, die haben nämlich in ihrem Leben noch kein Kabbarett gesehen!«

»Robert, wenn du nicht bald diese lächerlichen Bemerkungen läßt, so ...«

»Na, was ist dann?«

»Dann gehe ich einfach weg und komme nie mehr zu dir, hörst du?«

»Jawohl, ich höre! Und wenn du dir nicht abgewöhnst, mir bei jeder passenden und unpassenden Gelegenheit den Stuhl vor die Tür zu setzen, so werde ich eben eines Tages Gebrauch davon machen! Verstehst du mich?«

»Jawohl, ich verstehe sehr gut! Ich bin ja nicht taub! Und du schreist ja so, daß dich deine terrische Wirtin am anderen Ende der Wohnung auch verstehen kann.«

»Was heißt das: terrisch?«

»Terrisch ist taub.«

»Das ist wohl auch wieder so'n Wiener Ausdruck. Ach, Kinder, ihr seid ja zu ulkig. Diese Wiener Sprache hat doch der liebe Gott an seinem besten Feiertag erfunden.«

Der letzte Satz klingt ausnehmend versöhnlich. Wenn Robert was Liebes über Wien sagt, kann man eigentlich unmöglich länger so tun, als ob man böse wäre. Elli kriecht also wieder ein bißchen näher und legt ihren Kopf auf seine Brust, wo sie auch sofort äußerst gastfreundlich aufgenommen wird.

»Ach, Robert, wenn du dir bloß abgewöhnen würdest, diese unnötigen Bemerkungen über meine Arbeit zu machen. Wenn du mich schon nicht verstehst, so hör doch auf, mich zu kränken.«

»Ach, weil ich das alles einfach läppisch finde. Ihr Wiener seid ja wirklich reizend, du weißt, das gebe ich alles zu; aber daß sich keiner von euch nach einem vernünftigen Beruf umsehen kann, ist ja trostlos. Alle müßt ihr entweder dichten oder Theater spielen oder sonst was!«

»Aber hör doch auf, du redest ja Blödsinn! Wieso ist denn Theaterspielen kein richtiger Beruf?«

»Nein, weil das kein Beruf für einen normalen Menschen ist, am Tage etwas auswendig lernen und es abends aufsagen.«

»So, jetzt habe ich aber genug. Auf soviel Dummheit kann kein Mensch antworten.«

»Wohin willst du denn?«

»Aufstehen, anziehen ...«

»Ach, sei doch friedlich! Es ist doch erst zehn Uhr vormittags. Welcher normale Mensch steht am Sonntag um diese Zeit auf?«

»Mir ganz egal, ich kann deine Dummheiten nicht länger anhören!«

»Ach, nun macht das Mädchen allen Ernstes Krach. Bleibe doch, Elli, kleine Elli, ich nehme ja alles zurück. Ich habe ja bloß Scherz gemacht. Theaterspielen ist das klügste, was ein Mensch überhaupt machen kann. – Bloß ich bin zu dämlich dazu.«

Von Roberts starken Armen bezwungen, bleibt Elli machtlos auf dem Rücken liegen und sieht ihren amüsierten Tyrannen mit Tränen in den Augen an.

»Wenn du bloß aufhören wolltest, mich wie einen Idioten zu behandeln. Ich bin doch schließlich ein Mensch wie du.«

»Nein, Elli, das bist du nicht! Das wäre auch schrecklich, wenn du das wärst. Glaubst du, ich könnte so verliebt in dich sein, wie ich es bin, wenn du nicht so ein unvernünftiges kleines Wiener

Mädel wärst?« Robert zieht sie an sich. So nahe, daß ihr fast der Atem vergeht.

»Du tust ja, als ob zwischen unvernünftig und Wiener ein kausaler Zusammenhang bestünde.«

»Mhmmmmhmmm« – viel kann Robert nicht sprechen, denn er hat die Lippen auf ihren Hals gepreßt und hört gar nicht recht zu. Aber Elli ist wahrhaft nicht nach Küssen zu Mute.

»Schau, Robert, blöder Kerl, wenn du schon gar nichts einsehen willst, so sieh doch wenigstens ein, daß es auch in anderen Berufen heutzutage kein Honiglecken ist. Es ist fast egal geworden, was man ist. Glück muß man haben, Glück in jedem Beruf. Darauf kommt es an! Was hättest du schon davon, wenn ich eine arbeitslose Stenotypistin wäre. Wäre dir dann besser zu Mute, ja?«

»Och, Mullilein, verstehst du mich denn nicht? Ich habe doch bloß Angst um dich. Wenn ich reich wäre, dann könntest du Seiltänzerin werden, aber so, wenn ich das verfluchte Elend mit ansehen muß, ohne dir helfen zu können, dann möchte ich ...«

»Rob, paß auf: Wenn du Botokude schon nicht einsehen willst, daß Theaterspielenmüssen eine Berufung ist, die man sich schwerer abgewöhnen kann als Trinken oder Rauchen oder sonst ein Laster, so begreife doch zumindest, daß man heutzutage ohne die genügenden Unterlagen nicht den Beruf wechseln kann wie ein Hemd, oder wie ein ...«

»Liebling, Liebling, ich begreife ja alles, was du von mir verlangst. Du hast recht, ich bin ein Botokude, aber ich würde kein Wort sagen, wenn ich Geld hätte und dir so 'nen Zirkus kaufen könnte ...«

»Apropos Geld! Hast du mir letzthin die drei Mark ins Portemonnaie gesteckt?«

»Natürlich ich, wer denn sonst? Ich war wütend genug, daß es nicht dreihundert waren oder zumindest dreißig!«

Ach, er ist doch ein lieber Kerl, ein guter, lieber Kerl, wenn er auch ein Botokude ist. Man muß ihn doch gern haben, gern, gern, gern ...

Drittes Kapitel

Robert fragt sie nicht nach den Proben, fragt nicht, wie die Arbeit vorwärts geht. Diese Arbeit, diese Proben, die jetzt Ellis ganzes Glück, ihr ganzes Leben sind. Robert und die Wirtin halten nichts von dem neuen Unternehmen. Und so sitzt Elli mit übervollem Herzen, überwachen Nerven bei Robert, der jetzt d e r Mensch in ihrem Leben ist, und mit dem sie nicht über das sprechen kann, was jetzt ihr Leben ausmacht.

»Schick ihn weg«, hat Hullo gesagt. Aber wie denn? Nie mehr Robert sehen? Nie mehr? ... Das ist ein fürchterlicher ziehender Schmerz am Herzen, den man nicht aushalten kann. – Wieso liebe ich ihn denn so sehr, diesen fremden Menschen? Warum liebe ich nicht Hullo, der zu meiner Arbeit, zu meinem Da-Sein gehört? Hullo, der hilft, wo er kann, Hullo, der immer lieb ist, Hullo, der beste Freund, den man so gerne hat?

»Hullo, glaubst du, daß wir bißchen Geld verdienen können mit diesem Kabarett?«

»Mach mich jetzt nicht wahnsinnig, lächerliches Geschöpf!«

Niemand weiß, ob Geld verdient werden kann, aber Arbeit ist wenigstens da, viel Arbeit! Und mit Arbeit trägt sich alles leichter: Geldsorgen, Robertsorgen!

Sie arbeiten täglich bis zur Erschöpfung. Es ist keiner mehr unter ihnen, der nicht sein Bestes gibt.

Täglich ist eine neue Melodie da, eine Idee, ein Refrainschlagwort. Zehn junge Menschen arbeiten!

Sogar Hedwig steht nicht mehr verlegen herum, wenn sie die Bühne verlassen hat. Sogar Hedwig ist vom Fieber der Schaffensfreude ergriffen, hilft Hullo mit glühenden Wangen beim Plakatmalen, sitzt mit kurzsichtigen Augen und schlechter Haltung bei der Schreibmaschine, um Einladungen zu entwerfen. Herbert hat bei den Proben das Monokel zerbrochen und es nicht beachtet; Suse hat eingesehen, daß sie im Interesse des Programms gleich zu Beginn der Vorstellung tanzen muß. Ein Rausch der Zusammengehörigkeit hat sie alle ergriffen.

Es sind nur mehr acht Tage bis zur Premiere. Am 15. Januar ist die erste Vorstellung der Jazzleute. Die unruhige Erwartungsfreude aller schlägt immer mehr und mehr in Gereiztheit und Nervosität um. Jeder ist bereits überzeugt davon, daß man sich unsterblich blamieren wird, jeder ist bereit, diese Überzeugung stündlich zu beschwören. Hedwig weigert sich, weiter zu proben, und erklärt, daß sie unbedingt für zwei Tage ins Bett muß, weil sie sonst heilig umschmeißt; Suse weint ohne ersichtlichen Grund jeden Tag und hat »von allem genug«, Herbert bringt Hullo zur Verzweiflung, weil er nur mehr markiert und darauf hinweist, daß er nach der zwanzigsten Probe auch bei Barnowsky nur mehr markiert hat.

Am 10. Januar stehen die Notizen in den Berliner Tagesblättern, die Namen aller Mitwirkenden sind säuberlich aufgezählt ... das wirkt wie Brom auf die erregten Gemüter. Bis 13. Januar herrscht Eintracht und Ruhe. Am 14. ist Generalprobe und Krach! Die Frauen weinen, die Männer toben, der Gastwirt ist grob, das Ensemble will sich auflösen.

Am 15. ist endlich Premiere.

15. Januar. 9 Uhr 10 Minuten. Es ist wirklich beinahe die ganze maßgebende Presse erschienen, es sind die interessierten Snobs aller Kreise gekommen, »das Publikum von Berlin« ist da! Nocheinmal toi, toi, toi und jetzt kann's losgehen! Hullo steht auf der Bühne, ein paar Gläser klirren, ein paar Teller klappern noch, er kann sich nicht gleich Ruhe verschaffen. Aber jetzt ... in der Garderobe lauschen sie alle mit angehaltenem Atem ... gottlob, der erste Lacher!

»Er ist sehr aufgeregt, die Stimme schlägt ihm ja um.«

»Kunststück,« antwortet Elli, »ich bin bloß neugierig, was meine Stimme alles machen wird.«

Suse tanzt. Hullo ist in die Garderobe zurückgekommen und beruhigt alle.

»Ruhe, Kinder, Ruhe ... die Leute sind ja sehr nett, es wird schon gehen.«

»Sitzt hier nicht herum wie die dämlichsten Anfänger!«

Und er streichelt mit zitternden Händen abwechselnd Elli und Hedwig.

Die Vorstellung geht weiter. Das Publikum bleibt friedlich, lacht und applaudiert. Bei Hedwigs Solo steigt die Stimmung bis zur Begeisterung. Sie steht schlank und lässig auf der Bühne und spricht ihren sentimentalen Text nebensächlich wie immer. Heute ist alles neu: die Texte, die Elli längst auswendig kann, Hedwig steht auf der Bühne; sie hat sie noch nie gesehen.

›Ich habe einen Freund,
Was man so nennt,
Mich küßt ein Mann,
Der mich nicht kennt.
Und in der Nacht ist er bei mir,
Bin ich bei ihm.
Dann tun wir schrecklich freundlich und intim.
Doch was mich freut und was mich kränkt
Und was er weiß und was er denkt,
Das hat mit dieser Sache nichts zu tun.‹

»Die Frau ist zauberhaft«, flüstert Elli.

Hullo kann nur nicken. Seine warme, braune Hand greift nach ihrer Schulter. Elli rückt dankbar näher, sie ist schutz- und hilfsbedürftig wie noch nie.

›Ich möcht' mein Herz in Aufbewahrung geben.
Hat denn kein Mensch Verwendung für mein Herz?
Ich hab' ein Herz, ein einziges Herz
Und das zuviel in diesem Leben.‹

Sie sagt es so charmant, mit ihrer leisen, gutmütigen

Selbstironie, sie sagt es ein bißchen verlegen und wiederholt ganz nebenbei:

›Hat denn kein Mensch Verwendung für mein Herz?‹

Elli spürt mit klopfendem Herzen, wie der Beifall unten begeistert einsetzt. Sie sieht Hullo an, der, an ihr vorbei, krampfhaft auf die Bühne starrt.

›Hat denn kein Mensch Verwendung für mein Herz?‹

Der Applaus unten hört nicht auf. Es ist ein schwindliges, nebelhaftes Glück, dieser erregende Lärm ...

»Noch einmal auf die Bühne, Hedwig, raus!«

Und Hedwig immer wieder mit ihren großen sicheren Schritten, verlegen und strahlend immer wieder vor den Vorhang.

Hullos und Herberts Dialog »Männer unter sich« beschließt den ersten Teil des Programms. An der guten Stimmung der Leute ist nicht mehr zu zweifeln: fast jeder Satz, den die beiden sprechen, wird mit dröhnendem Gelächter beantwortet.

Pause.

Endlich dürfen alle aufatmen, sie liegen einander in den Armen, die Mädchen müssen ein paar Tränlein vergießen, die Jungens verprügeln einander ...

Hedwig und Elli küssen stürmisch, was ihnen über den Weg läuft.

Der zweite Teil. Suse tanzt: »Mädchen vor dem Rendezvous«. Und jetzt kommt der heißersehnte, schreckliche, gefürchtete Moment: Ellis Solo. Es ist nichts zu verstehen, was Hullo auf der Bühne spricht, obwohl sie auch seine Conférence längst auswendig kann. Ihr ganzer Körper ist nur mehr ein Herz, das wild und laut schlägt ... ihre Stimme scheint ihr unauffindbar im Weltenraum verloren und dann ... und dann steht sie endlich auf der Bühne, so klein wie noch nie in ihrem Leben, allein und ausgeliefert, und hört sich sprechen: »... ist der Text, die Musik ist von ...« Sie sieht Hullo angstbebend, um ihr Schicksal besorgt, in der Kulisse stehen und fühlt sich verpflichtet, ihm zuzulächeln. Richards Augen haben einen beschwörenden Ausdruck angenommen: Aha, der Einsatz, denkt sie und wieder spricht es aus ihr:

›Wenn du mich einmal nicht mehr liebst ...‹

Wie deutlich man alle Gesichter sieht. Der Monokelfatzke in der ersten Reihe hört ja gar nicht zu und diese Gans dort quatscht ihren Freund ja tot ... bloß um Gotteswillen den Text nicht verlieren ... Richard ist mir ja um einen Takt voraus ... der Text, der Text, da hat man ihn wieder ...

›Ich stehe auf und sag' kein Wort.
Ich dreh' mich um und gehe fort
Und niemand hört mich klagen.‹

So, jetzt ist sie drin. Jetzt gehört ihr Körper auch wieder ihr und ihre Bewegungen gehorchen ihr wieder. Und jetzt ist es ihre Bühne, ihre ganz allein, und ihr Chanson, ihr Chanson. Die Gans hat zu reden aufgehört, der Monokelfatzke in der ersten Reihe hört zu.

›Dann spring ich aus dem Fenster,
Dann komm ich jede Nacht zu dir
Und bin gleich zehn Gespenster.‹

Aber das sind ja lauter gute Freunde da unten. Brave Menschen, die sie liebhaben und verstehen. Sie laufen, bei jedem Satz, den sie spricht, mit, lächeln dort, wo sie sollen, lachen laut und vergnügt, wenn man es von ihnen verlangt. Freuen sich mit ihr, an ihr.

›Dann werd' ich Kurtisane.
Ich färbe mir die Haare blau,
Die Lippen grün
Und bin von ganz Berlin
Die interessanteste Frau.
So mach' ich alle Männer toll.
Ich denke mir das wundervoll!‹

Die Gans aus der ersten Reihe lacht aus vollem Hals. Und da ..., gar nicht weit von ihr, sitzt Robert.

Aber ihr Herz hat keine Zeit, einen besonderen Ruck zu tun. Jetzt ist er nicht mehr als alle anderen.

Alle da unten sind ja gute Freunde, die zu ihr halten.

›Denn bis zum Tode bin ich dein
Und noch im Grabe lieb' ich dich,
Doch wenn schon einer Schluß macht,
Dann nur ich.‹

Da ist es wieder, dieses prasselnde, jubelnde, atemraubende Geräusch, das jetzt ihr gilt, ihr allein ... da sind die Stimmen, viele, laute, lachende, die ihren Namen rufen, nur den ihren. Lauter Freunde, so viel Freunde! Gute, liebe, geliebte Menschen!

Hullo schließt sie in die Arme. »Brav warst du, Kleine, sehr brav. In einem Jahr bist du in Hollywood und die Garbo kann stempeln gehen.«

In der Schlußrevue stehen noch einmal alle auf der Bühne und der Abend schließt übermütig und freudig.

Hullo zieht alle drei Mädchen auf einmal in die Arme: »Kinder, wir s i n d ein Kabarett!«

Zeitungen, Zeitungen, Zeitungen! B. Z., Tageblatt, Börsenkurier, Tempo und noch viele, viele. Und alle schreiben über die Jazzleute und in allen steht Ellis Name. Immer wieder. Da steht es schwarz auf weiß: humorvoll ist sie, begabt ist sie. Charme hat sie und noch vieles, vieles steht in diesen Zeitungen. Wagt hier noch jemand, kleinmütig zu sein? Nun, Frau Müller, ist schon einmal so etwas über Sie in der Zeitung gestanden? Da haben Sie eine Freikarte und sehen Sie sich das begabte Fräulein, das bei Ihnen wohnt, mal an. Und da haben Sie zehn Mark. Das übrige kriegen Sie sicher bald. Jetzt wird Geld verdient, viel Geld! Und von nun an eine freundliche Miene, wenn ich bitten darf. Immer hübsch lächeln, so wie jetzt eben. Das macht Sie ja um zehn Jahre jünger. Von morgen an wieder Kaffee, Kaffee und zwei Brötchen. Von morgen an wird wieder gefrühstückt!

Elli sitzt zu Hause und schreibt lange Briefe an Hanna, denn Hanna ist das letzte, was sie mit Wien verbindet. An Hanna schreiben, heißt nach Wien schreiben. Wien muß alles erfahren: das Kabarett, die Kritiken, kurzum alles, was geschehen ist. Wenn Elli »zu Hause« sagt, dann fällt ihr nur mehr Hanna ein. Hanna ist der einzige Ruhepunkt in diesem Leben; wenn man nicht mehr weiter kann, dann muß man es Hanna sagen. Es ist zwar nicht ganz klar, was Hanna in solch einem Fall machen soll, aber, daß es nur Hanna gibt, der man sich in seiner letzten Not anvertrauen darf, das ist klar. Hanna ist eben die Heimat, das ewig Unveränderliche, der letzte Anker für Ellis Seele, und daß Hanna im ärgsten Fall Wunder wirken kann und zu diesem Zweck mit dem lieben Gott in direkter Verbindung steht, daran ist nicht zu zweifeln. Hanna in ihrer großen, ruhigen Blondheit, sie hat nichts mit Theater, Film und Kabarett zu tun, sie hat einen Mann, den sie liebt, den sie immer schon geliebt hat, sie hat ein Zuhause mit diesem Mann, sie hält fest an allem, sie hat keine Sehnsucht nach Fremdheit und Ferne. Nichts auf dieser Welt steht so fest und unerschütterlich wie Hanna. Elli ist krank und verlassen, Henrik muß tanzen gehen und hat alles vergessen, Hanna hat nichts vergessen ...

Elli muß dringend nach Berlin und kein Mensch ist da, der helfen kann, Hanna hilft! Andere Menschen können bisweilen ihre Freundschaft und Liebe vergessen, sie können sie irgendwohin gelegt haben und trotz allen Suchens nie mehr finden ... Hanna kann dies nicht!

Hanna schreibt: »Kommst du denn überhaupt nie mehr nach Wien? Wenn Du mal auf vierzehn Tage kommen kannst, mußt Du natürlich bei uns wohnen. Ich freue mich schon heute wie ein Narr darauf. Ich werde dich tüchtig verwöhnen und den ganzen Tag Deine Lieblingsspeisen kochen.

Ich bin so froh, daß es Dir jetzt doch gelingt, Dich in Berlin durchzusetzen. Ich bewundere Dich schrecklich, daß Du Dich in der Fremde so tapfer durchschlägst. Ich an Deiner Stelle wäre bestimmt schon zugrunde gegangen. Im nächsten Brief schicke ich Dir wieder zehn Mark.

Vorige Woche hatten wir Gäste. Alles in allem zehn Personen. Die erste größere Gesellschaft in meiner Wohnung. Kannst Dir denken, wie aufgeregt ich war. Gott sei Dank hat alles wunderbar geklappt ...«

So schreibt Hanna. Elli liest diesen Brief aufmerksam, immer wieder. Sie versucht, sich vorzustellen: Mein Mann, meine Wohnung ... Möbel, die ihr gehören, sich selbst sieht sie in dieser Wohnung, die sie in Ordnung hält, eine Küche, die sie betreuen soll, den Mann, der zum Essen nach Hause kommt und sie küßt. Das ist alles ganz selbstverständlich, das ist: alle Tage! Wenn sie Kummer hat hat auch er Kummer; wenn sie Freude hat, hat auch er Freude. Es heißt nicht mehr mein Leben und dein Leben, es heißt nur mehr unser Leben!

»Das gibt es,« sagt Elli laut, »das gibt es wirklich.«

»Ein Kabarett gründen ist leicht, aber ein Kabarett halten ...« sagt Hullo, denn schon wieder liegt die ganze Verantwortung einzig und allein auf seinen Schultern.

»Günther und ich können nicht alle Texte schreiben, Richard kann nicht die ganze Musik alleine machen!«

Wo sind plötzlich die weltumstürzlerischen Talente hingekommen, mit denen man Abend für Abend beisammen gesessen hat? Mario hat zwar einen Sketch geliefert, aber Hullo findet ihn nicht »jazzig« genug, und Hedwig, die in letzter Zei überhaupt viel dreinredet, erklärt, daß es bodenloser Quatsch ist, nicht wert, daß man es auswendig lernt.

Hullo ist auf der Suche nach Mitarbeitern ... so schwer hat er sich das nie vorgestellt. Aber eines Tages kommt doch einer ins Haus geschneit. Er heißt Theodor und ist untertags Verkäufer in einem Schallplattengeschäft. Des Abends und des

Nachts ist er Dichter. Es ist sogar schon einmal im »Simplicissimus« ein Gedicht von ihm erschienen, dieses Exemplar bringt er gleich mit. Die Leute sollen nicht glauben, daß sie es mit einem Schwindler zu tun haben.

»Wie haben Sie sich denn die Mitarbeit bei uns vorgestellt?« fragt Hullo vorsichtig.

»Ach, wissen Sie,« sagt Theodor, »ich habe doch das gnädige Fräulein hier« – und seine Verbeugung wendet sich an Hedwig – »das Chanson von ihrem Herzen so wunderbar vortragen hören und da ist mir so verschiedenes im Kopf rumgegangen und da« – er zieht einen maschinenbeschriebenen Bogen heraus und reicht ihn Hedwig – »wollen Sie nicht den Herrschaften das mal vorlesen?«

»Aber gern«, sagt die und steht schon in der richtigen Haltung beim Klavier und liest:

›Die Braut des unbekannten Soldaten.

Ich hatte einen Bräutigam, der war so jung und schön;
Doch als er 18 Jahre war, da mußt' er sterben gehen.
Ich war ja damals noch ein Kind, da stand die Welt in Brand
Und alle Männer mußten mit und kämpften fürs Vaterland.
Auch damals war ich noch ein Kind, als endlich der Krieg war aus,
Und ich lief mit den fremden Leuten mit, als die

Soldaten kamen nach Haus.
Wir freuten uns und schrien Hurra und sagten:
Jetzt sind wir frei –
Und ich lief mit den fremden Leuten mit und mein Mann war nicht dabei.

Ich hatte einen Bräutigam, der war so jung und schön;
Doch als er 18 Jahre war, da mußt' er sterben gehen.
So geh' ich nun im Leben umher und bin allein in der Welt.
Ich plage mich von früh bis spät und verdiene wenig Geld.
Die Männer schreien: Baut die Frauen ab, die Frau stiehlt uns das Brot,
Und keiner sagt, sie ist ihr eigener Mann, den ihren schlug man ja tot.
So geh' ich nun in der Welt umher und bin allein im Leben
Und hätte doch ein starkes Herz und viel Lieb' und Treue zu geben.

Ich hatte einen Bräutigam, der war so jung und schön;
Doch als er 18 Jahre war, da mußt' er sterben gehen.
Sie haben ihn bei der Hand genommen und an die Front gestellt
Und ein Gewehr noch mitgegeben und sagten, er sei ein Held.

Und wenn er nicht gestorben wär', dann wär' ich nicht allein,
Er wär' mein Mann, wir hätten ein Kind und könnten beisammen sein.
Doch als er 18 Jahre war, da mußt' er in den Krieg,
Da mußt' er kämpfen gehen für Deutschlands Ruhm und Sieg.
Ich hab' ihn nie gesehen, ich hab' ihn nie gekannt;
Er mußt' ja sterben gehen für König und Vaterland!‹

Das kleine Häuflein Menschen hat Hedwig mit angehaltenem Atem zugehört. Dieses Lied ist für s i e geschrieben worden. Keine sonst könnte es s o sprechen.

»Du, das ist ja wirklich ein Dichter«, flüstert Elli sehr benommen Hullo zu.

Hedwig kommt mit ihren großen Schritten so energisch heran, wie man es an ihr noch nie gesehen hat, legt beide Hände auf seine Schultern und sagt mit wilder Stimme:

»Du, das Lied nimmst du, ich will es haben!«

Aber Hullo hat schon längst die Hand des Dichters Theodor ergriffen, schüttelt sie andauernd und schreit:

»Herr, Sie schickt der Himmel!«

Richard hat sich des Gedichtes bemächtigt, sitzt damit vor dem Klavier und flüstert mit andächtiger Freude:

»Ich höre schon die Musik dazu!«

»Ende Februar muß das neue Programm fertig sein!« ist Hullos Schlachtruf. Da heißt es: Arbeiten, arbeiten, arbeiten! Keiner kann erwarten, daß dieses neue Programm vom Himmel geschneit kommt. »Jeder einzelne muß die Augen offen haben, Ideen bringen, denn, Kinder, wir s i n d ein Kabarett, und das muß bewiesen werden.«

»Heute führ' ich dich aus, Kleinchen!« sagt Hullo.

Hullo ist bei Kasse, wie schon lange nicht, er hat Honorare für Zeichnungen und Gedichte bekommen und ist für ein paar Tage ein wirklich reicher Mann. Also: Abendessen zu »Roberts«, Kurfürstendamm.

»Mach dich recht schön, Kleinchen. Was ziehst du an?«

»Das schwarze Seidenkleid mit dem weißen Kragen.«

»Das ist recht! Mach dich recht schön, hörst du?«

Elli sitzt bei »Roberts«, hübsch und manierlich wie eine kleine Dame, nicht so hingelümmelt wie in der »Lunte«. Es ist sehr hübsch, wieder einmal so zu sitzen und mit gedämpfter Stimme sehr nebensächliche Dinge zu sprechen. Ellis Magen macht ein klein wenig verwundert: Ah? Lauter richtige, wunderbare Sachen hat er bekommen: Bouillon mit Ei; er verdrängt unliebsame Erinnerungen an monatelange Erbsensuppe. Er beruhigt sich auf angenehme, heitere Weise bei den nachfolgenden Genüssen: Nierenbraten, zartes, weiches Fleisch, der

Gaumen läßt sich Zeit, den Geschmack zu verarbeiten. Gemüsemayonnaise. Ellis Gebiß arbeitet sehr langsam und nachdenklich. Bockwurst und Salat sind jetzt endgültig versunken und vergessen. Kompott ... Torte und Sahne ...

»Prost, kleine Elli!«

»Prosit, Hullolein ...«

Ellis kleine Seele hat endlich kapiert, sie ergibt sich faul und genußsüchtig dem Zauber guten nahrhaften Essens, sie streckt sich und dehnt sich – diese kleine Seele, gähnt einmal laut und herzhaft, Hirn und Herz übermitteln kleine, helle, freundliche Gedanken. Die Zigarette ist heute sanftes, zärtliches Narkotikum ... nicht mehr böses, unruhiges Gift.

»Ist das Leben schön, Ellenmädchen?«

»Wunderschön, Hullo!«

»Das Kleid paßt dir herrlich, du hast heute deinen guten Tag!«

»Ja, wirklich?«

»Erzähl' mir noch etwas, ich hör' dir so gerne zu.«

»Ja, magst du das? ... Weißt du, einmal, wie wir am Land waren, ich war damals höchstens sechs Jahre alt und wir hatten so ein komisches Kinderfräulein ...«

Im Vorbeigehen sieht sie im Spiegel das Bild einer schlanken, gutaussehenden jungen Dame ... der Herr, dem sie in der Drehtüre begegnet, lächelt; in seinem Monokel spiegelt sich Elli, nur Elli. Der Kurfürstendamm nimmt sie auf wie eine schnelle, lebendige Welle; Parfüm und Frauen, viele Blicke streifen sie.

»Das Kleid paßt dir wirklich großartig, Elli. Welchen Tag haben wir heute? Dienstag?«

»Feiertag, auf alle Fälle Feiertag!«

»Ich bin so stolz auf dich«, sagt Robert immer wieder und küßt sie schnell und ungeduldig. »Wirst du jetzt endlich berühmt werden?« will er wissen.

»Ja, schrecklich berühmt!« Sie schwört reinen Gewissens: »Ich werde groß und berühmt ... ich liebe dich, nur dich ... habe immer nur dich geliebt!«

Roberts Haare sind blond, unwahrscheinlich blond, seine Arme stark, unwahrscheinlich stark ...

Das ist Robert.

»Schlaf' heute bei mir, Kleines, ich bereite dir ein Lager auf der Couch. Ich habe heute meinen Tag und will nicht allein sein.«

Hedwig sagt es eines Abends beim Abschminken, und Elli, an die dieses Anerbieten gerichtet ist, atmet erleichtert auf, denn sie hat in letzter Zeit immer »ihren« Tag und fürchtet sich vor ihrem Zimmer in der Suarezstraße.

»Mit Wonne!« sagt sie daher bloß.

Sie würde ja lieber bei Suse schlafen, denn Hedwig ist eine sehr schweigsame Gesellschaft und Elli möchte sprechen, sprechen, sprechen. Sie erstickt schon bald an allen ungesprochenen Worten.

Es stellt sich aber heraus, daß Hedwig entgegen ihren sonstigen Gewohnheiten sehr gesprächig gestimmt ist. Sie benimmt sich wie jede Frau, die ihre Freundin bei sich hat, kramt Zigaretten und Kognakweichseln hervor, braut noch um zwölf Uhr nachts schwarzen Kaffee, sagt: »So, nun wollen wir's uns gemütlich machen!« und fragt schließlich, im Bett angelangt, zwischen Kaffee und Zigarette: »Sag mal, wie ist denn eigentlich dein Robert?«

Elli kann nicht gleich antworten, weil sie eine ganze Kognakweichsel im Mund hat, und würgt endlich lakonisch hervor: »Nicht der Rechte!«

Hedwig lacht so ausgelassen, wie man es bei ihr noch nie gehört hat, so laut und anhaltend, daß Elli ängstlich ruft: »Du, deine Wirtin!«, und dann fragt sie: »Und du? Hast du momentan gar keinen Rechten oder Unrechten?«

»Es gibt bloß Unrechte! Der Rechte ist immer der, auf den man wartet, den man sich ausmalt. Wenn mal einer daher kommt, ist er schon doof, gewöhnlich und langweilig. Was ist denn der Robert für einer? Ein Kommis oder ein Hofrat?«

»Hedwig, du bist zum Brüllen! Wie kommst du bloß zu dieser Einteilung?«

»Hast du denn das noch nie bemerkt, daß es gar keine anderen gibt? Die Hofräte, das sind die Langweiligen, die Pedanten, die wir deswegen für verläßlich halten, und dann sind sie bloß engherzig ... Und die Kommis, das sind die Taugenichtse, die Flaneure, von denen wir glauben, daß sie Phantasie haben, weil sie unbeständig sind, und dann sind sie nur wahllos!«

»Du redest wie ein Buch!«

»Und wie ist Robert?«

»Robert? Weißt du, eigentlich hat er nur einen großen Fehler: Er gehört nicht zu mir!«

»Na, das genügt ja gerade!«

»Finde ich eigentlich auch. Bloß: ohne ihn war es noch alleiniger ... noch scheußlicher ...«

»Ich weiß, ich weiß. Ich kenne das. Und wie war der in Wien?«

»Wieso weißt du, daß in Wien einer war?«

»Ich weiß nicht, daß in Wien einer war, ich kann mir bloß nicht vorstellen, daß keiner war.«

»Stimmt! Also: der war so –«

Elli greift in die Handtasche und nimmt aus dem Portemonnaie ein kleines Photo:

»Da hast du ihn!« Sie wirft das Bildchen Hedwig zu.

»Donnerwetter«, sagt die vorerst und dann sieht sie das Bildchen noch einmal an und setzt nachsichtig hinzu: »Naja! Wie lange hat der Unsinn gedauert?«

»Drei Jahre. Ich glaube manchesmal, es war die schönste Zeit meines Lebens!«

»Das ist Quatsch!«

»Du, du weißt nicht, wie der war. Immer nett, immer lieb, immer aufmerksam. Der war zehn Mamas und hundert geliebte Männer auf einmal!«

»Bißchen viel für einen Menschen. Und der war immer nett, drei Jahre lang?«

»Drei Jahre lang, weniger vier Wochen. In den letzten vier Wochen hat er alles getan, was andere

Männer im Laufe von Jahren nicht sündigen können!«

»Das war der Schluß?«

»Ja, so ungefähr ...«

»Und warum? Eine andere?«

»Ja, ich lag damals sehr krank, und gerade als ich acht Tage außer Bett war, da hat er mir's gesagt, das mit der andern! Da bin ich natürlich gleich nochmals krank geworden. Er ist jeden Tag zu mir gekommen, war jeden Tag unausstehlich ... und da habe ich ihm gesagt, daß er nicht mehr kommen soll. Erst hat er getan, als wenn er nicht wollte ... er hat geweint ...«

»Er hat geweint?«

»Ja, er und ich auch. Es war scheußlich.«

»Und du, du hast ihn weggehen lassen? Du bist ja ein Held!«

»Ach wo, ich bin kein Held. Ich habe ihn bloß schrecklich lieb gehabt, das war es. Und ein paar Tage später habe ich erst erfahren, daß er die ganzen vier Wochen mit der andern schon verlobt war ... richtig verlobt ... mit Braut 'rumzeigen und Knixchen machen, großem Verlobungsdiner und so weiter.«

»Verrückt, so was!«

»Ja, total blödsinnig!«

»Immer dieselbe Sache. Diese feigen Hunde! Ich hab' mal einen gekannt, der hat von seiner Freundin, als sie ein Baby kriegen sollte, verlangt, daß sie seinen Namen bei der ganzen Sache nicht nennt, daß sie sagen soll, sie weiß nicht, wer der Herr war ... sie hätte ihn nicht so genau gekannt und sich in der Eile nicht nach Namen und Adresse erkundigt. Was weiß ich, was sie, seiner Meinung nach, alles hätte sagen müssen, um ihn vor einem Krach mit der Familie zu schützen! Auch ein lieber Junge, wie?«

»Das Schlimmste an all diesen Dingen, Hedwig, ist aber doch, daß die Tanten, die großen Schwestern und alle diese Leute recht gehabt haben, daß man bei einem Mann berechnend und gemein sein soll ...

Weißt du, er wollte immer die ganzen Jahre, daß wir heimlich heiraten, aber mir hat so gegraust vor den Heimlichkeiten und Angsthaben vor seiner hochgeborenen Mutter! Nein, habe ich immer gesagt, entweder, oder ... so was nennt man Idealismus, nicht wahr? Und all dies sind ›Erfahrungen‹ ... Zu scheußlich! Soll man also doch lieber Jungfräuleinchen spielen, die Männlein zum Altar locken solange sie willig sind? ...

Ach, Hedwig, Hedwig! Gibt's denn wirklich keine anderen Männer, nur solche?!!!«

»Ich träume immer von einem ... der ist ein richtiger Mann, der ist verläßlich und treu. Das ist endlich mal einer, bei dem man nicht das beschämende Gefühl hat, daß man sich was vergibt, wenn man seine Freundin wird. Einer, der nicht jede doofe Nutte mit uns auf eine Stufe stellt ... Ach, Elli, der ist wundervoll. Der hält zu mir, der kneift nicht aus, wenn man ihn am notwendigsten braucht, der hält zu mir, auch wenn ich krank bin, auch wenn ich arm bin ... Den hat Gott nach seinem Ebenbilde geschaffen!«

Hedwig hat sich in Feuer gesprochen. Sie spricht viel zu laut für die vorgerückte Stunde ... hat ihren blonden Kopf zurückgeworfen, die Arme ausgebreitet, als wollte sie den, von dem sie spricht, ans Herz drücken.

»Was ist mit dem Mann? So sag doch schon, Hedwig, wo ist der?«

»Der? Nun, ich habe es doch schon gesagt, von dem träume ich manchesmal!«

Sie läßt die Arme sinken, greift nach einer Zigarette und legt sich zurück.

»Und treffen kann man so einen nie? Treffen kann man nur diese Hofräte, diese Feiglinge, diese Kommis ..., diese ...«

Ellis Stimme schnappt um vor Empörung.

»Vielleicht kann man ihn auch treffen, kleine Elli! Aber wenn du ihn treffen willst, dann schmeiß deinen Robert raus, dann vergiß endlich deinen Henrik, dann lauf nicht mit jedem Jungen mit, der küssen kann, dann vertu' dich nicht mit diesen Rotznasen, von denen keiner weiß, welch ein Kerl du bist ..., welch ein lieber, tapferer Kerl du bist ...«

Hedwig hat ihre Hände zu Fäusten geballt und sagt voll Haß und Zorn: »Keiner weiß, wie viel man eigentlich wert ist!«

»O, Hedwig, glaubst du wirklich, daß ich etwas wert bin?!!!«

»Freilich glaube ich das! Oder meinst du, daß einer von diesen Henriks oder Roberts je imstande gewesen wäre, das durchzuhalten, was du durchgehalten hast, und dabei das zu bleiben, was du geblieben bist? Glaubst du, daß einer von diesen je einen geliebten Menschen weggeschickt hätte, damit diese Liebe, die drei Jahre lang gut und schön war, in den letzten fünf Minuten nicht in den Kot gezerrt wird! Glaubst du, daß die jemals über irgend etwas in der Welt ihr eigenes kleines Selbst vergessen könnten, daß die jemals irgend etwas anderes waren als feige und eitel? Ja, wir sind etwas wert! Wir schon!«

Es ist eine ganze Weile still nach diesen Worten ... dann sieht Hedwig auf die Armbanduhr und meint:

»Es ist zwei Uhr geworden. Wir wollen nun endlich schlafen. Gute Nacht, kleine Elli!«

»Gute Nacht, Hedwig!«

Aber Elli kann noch lange, lange nicht einschlafen!

Zuerst hat man über Mangel an Mitarbeitern geklagt und jetzt kann man sich vor dem Ansturm junger Talente kaum erretten. Dichter, Maler, Schauspieler tauchen in endlos langen Reihen auf und wollen alle, alle Jazzleute werden. Tänzerinnen kommen, große, magere, mit hageren Gesichtern und Etonkopf, sie tanzen »Die Abstraktion« und die »Rationalisierung«, kleine Mädchen kommen, mit gelben Hängelocken, und tanzen immer noch den Frühlingsstimmenwalzer. Gutgewachsene kommen mit den indifferenten, glatten Gesichtern und den vorbildlich schmalen Körpern, sie tanzen den letzten Schlager und werfen ihre durchtrainierten Jungenskörper in toller Freude an der Bewegung über die Bühne, sie steppen, die Hände an den Hüften, lachen frech. So eine möchte Hullo gerne engagieren, aber alle Mädchen sind dagegen und wollen von diesen Barmanieren nichts wissen. Hullo gefallen sie ... naja, die Männer!

Suse sagt: »Ich bin bereit, einen Monat lang aus dem Kollektiv zu scheiden, um auch eine andere zu Worte kommen zu lassen, aber ich muß wissen, für wen!«

Mit den Dichtern wiederum ist Hullo sehr streng! Bis jetzt ist nur Theodor ins Kollektiv aufgenommen worden ... Marios Sketch wird trotz Hedwigs heftigem Widerstand einstudiert. Hullo gibt zu, daß es Quatsch ist, aber es hat wenigstens Schmiß.

Mario sitzt im Zuschauerraum und erklärt den Jazzleuten, »was eigentlich ein Kabarett ist«. Trotzdem findet die Darstellung seines Sketch mehr Beifall, als man nach den vielen Tadeln erhoffen durfte. In diesem Sketch hat endlich Herta eine große Rolle, alle atmen erleichtert auf. Sie ist für ein Solo unverwendbar und hat sich im ersten Programm über Vernachlässigung beklagt. Jetzt ist sie begeistert: sie darf tänzeln, kokettieren, auf dem Tisch sitzen und ihre tadellosen Reklamestrumpfbeine zeigen.

Elli, Suse und Hedwig bilden eine geschlossene Front gegen sie und sagen achselzuckend: »Ach, die!«

Hullo meint: »Das versteht ihr nicht. So eine muß auch sein!«

Richard hat einen Schlager bei der Ufa angebracht: »Hurra, Kinder, Hurra!« Suse tanzt in wilden Sprüngen über die Bühne, »Hurra, Kinder, Hurra!«

»Es geht ja doch vorwärts«, betet Elli inbrünstig. Sie hat auch recht. Es geht wirklich vorwärts! Wenn es Richard, dem kleinen, unbekannten Richard gelungen ist, einen Schlager bei der Ufa anzubringen, dann ist es doch möglich, daß auch Hedwig, daß auch Elli, daß ...

»Sofort, spiele, hallo, Richard ...«

Richard sitzt schon am Klavier und spielt:

»Tamtarara ... Text von Günther ...«

»Suse soll singen, hallo, Suse ...«

›Du hast einmal zu meinem Leben gehört,
Du hast einmal mein ganzes Dasein verklärt,
Du warst einmal meines Lebens einziger Sinn,
Wenn wir uns heute begegnen, weißt du nicht mehr,
Wer ich bin!‹

»Das Schönste, was ich je gehört habe«, sagt Elli überzeugt.

»Hat Schmiß«, stellt Hullo fest. »Dichter Günther, ich gestatte dir, mich Kollege zu nennen!«

»Schreibt doch 'nen Tonfilm zusammen. Richard die Musik, du das Buch, Günther die Schlagertexte ...«

»Und du spielst die Hauptrolle ...«

»Und warum nicht?«

Elli steht kampfbereit auf. Warum soll sie nicht eine Hauptrolle bei der Ufa spielen? Warum nicht?

Suse ist natürlich sofort wieder fürs Begießen. Nie wieder kommt so eine herrliche Gelegenheit, Alkohol in wüsten Mengen zu konsumieren.

»Aber nicht in ein Lokal gehen! Wir besorgen alles, was nötig ist, und verbringen die Nacht in wildem Gezeche in unserer bescheidenen Atelierwohnung ... ja, Richard?«

»In die Garderobe, ihr Mägdlein und Knaben ... es ist halb acht Uhr. Glaubt ihr, wir dürfen heute deswegen die Vorstellung absagen? ...«

Wenn es sich um die Arbeit handelt, wird Hullo mit Vorliebe sehr ungemütlich. Er selbst hat nicht die geringste Lust, das Gespräch abzubrechen, aber das dürfen die anderen nie erfahren.

»Er hat recht!« Elli sieht es sofort ein, außerdem kann man beim Anziehen ruhig weiterquatschen.

»Wirst du uns denn alle in deiner Wohnung unterbringen?« will sie dann wissen.

»Wenn ihr mir nichts kaputt schlagt, dürft ihr zu hunderten angerückt kommen, Kinder, ich bin ja so glücklich.«

»Kunststück, die Gattin des bekannten Schlagerkomponisten!«

Hullo kommt in die Garderobe gestürmt: »Wißt ihr, wer da ist, Kinder?«

»Mario?«

»Quatsch, der natürlich auch. Doktor König ist

hier, König und Hoffmann sind eben eingetrudelt. Also, Elli, heute nimm dich mal zusammen!«

Ellis Herzschlag setzt für eine Sekunde aus. Es ist Schreck und Freude und zugleich ein wenig Genugtuung, daß dieser »Theaterfatzke« doch Wort gehalten. Die Mädchen stürzen sofort schreiend zum Vorhang, um durchs Guckloch sehen zu können. Es entsteht ein aufgeregtes Gedränge, vielleicht ist heute noch mehr auf dem Spiel als am Premierenabend. Unter Geschrei und Gelächter wird zu Ende geschminkt und die Bühne hergerichtet. Auch im Zuschauerraum ist die Stimmung kribblig geworden, da man Dr. König und Hoffmann erkannt hat. Die Gäste im Kabarett »Jazz« wissen so einen Vorfall absolut zu schätzen. Die Grenzen zwischen Zuschauer und Podium sind heute vollkommen verwischt, Hullo hat seinen großen Tag, die Pointen klappen wie noch nie. Elli kann es nicht erwarten, auf die Bühne zu kommen, und glaubt doch aus Angst davor sterben zu müssen.

»Ach, ist das Leben eine herrliche Sache«, ruft sie, als sie endlich begeistert, erschöpft und strahlend in die Garderobe zurückkommt.

»Die Gründe, daß wir heute noch viel zechen müssen, häufen sich in erfreulicher Weise«, stellt Suse befriedigt fest.

Hedwig ist in ihrer Erregung so schön wie noch nie vorher. Ihre dunkelgrünen Augen strahlen unnatürlich groß und das Rot ihrer Wangen leuchtet durch die Schminke. Nur Herta ist unzufrieden, weil das zweite Programm, in dem sie ihre gute

Sketchrolle hat, noch nicht läuft, und so hat sie heute abend keine Gelegenheit, »was zu zeigen ... nich einmal die Beene ...«, wie sie unglücklich sagt, und sie bürstet hundertmal ihren roten Schopf. Wenigstens der soll leuchten und faszinieren. Herbert ist natürlich von ihrer Stimmung angesteckt:

»Alles Quatsch«, sagt er verächtlich. »Die beiden Helden kommen sich großartig vor als Unterstützer und Förderer der Jugend, und was werden sie schon für uns tun? Jar nischt!«

Vor Schluß der Vorstellung meldet Hullo kurz:

»Elli, der Deinige ist da!«

»Ausgeschlossen! Du mußt dich geirrt haben, heute ist Dienstag ...!«

Solche Unordentlichkeiten zu ihren Gunsten kommen bei Robert nicht vor.

»Gerade ist er gekommen, ich habe mich nicht geirrt ... so'n dämliches Gesicht hat nicht bald ein anderer!« Draußen ist er, bevor Elli noch imstande ist, sich von ihrem Erstaunen über soviel Frechheit zu erholen.

Die Vorstellung ist vorbei. Elli und Hedwig stehen sehr glücklich mit Dr. König und Hoffmann in der Garderobe. Heute sind sie sonderbarerweise gar nicht richtig besorgt: Ob es auch anständig war? – Es war gut, ach, es war bestimmt gut! Die beiden großen Prominenten sind heute abend ganz gewöhnliche Sterbliche, man könnte ihr Benehmen fast gemütlich nennen.

»Schade, daß ich gerade morgen verreisen muß, ich hätte Sie gerne mit ... (er nennt den Namen eines

Filmgewaltigen) bekannt gemacht ... aber das macht nichts, ich werde Ihnen eben ein paar Zeilchen mitgeben.«

Dr. König schreibt: »Ich schicke Ihnen hier zwei junge, überaus begabte Schauspielerinnen, die ich im Kabarett ›Jazz‹ entdeckt habe ...« (Aber bitte, rufen Sie vorher an, sagen Sie, daß ich Sie schicke, damit man Ihnen sagt, wann Sie vorsprechen dürfen ...)

Hedwig nimmt die Karte. Genügt es wirklich nach solch einem Erlebnis: »O, ich danke Ihnen!« zu sagen?

Elli würde es nicht sonderbar finden, Dr. König stürmisch beide Hände zu küssen. Es ist gut, daß wenigstens Hoffmann ihrer aufgeregten Stimmung Rechnung trägt und sie zärtlich an sein Herz zieht. König kann man aber nur so innig fest die Hand drücken, als wäre er nicht der allmächtige Regisseur, sondern irgend ein Kollege, mit dem sie seit langem sehr vertraut ist.

»Aus Ihrem Talent ließe sich viel machen! Sie haben bestimmt keinen Grund zur Mutlosigkeit, gewöhnen Sie sich das ganz ab!«

Elli wird dunkelrot, wieso weiß der Mann, wie oft sie schon verzweifelt und mutlos war!

»Glauben Sie das wirklich? O, glauben Sie das wirklich?«

»Laß dich mal wieder bei mir anschauen!« ruft Hoffmann noch, und es ist die höchste Zeit, daß sie gehen, denn man kann es gar nicht erwarten, mit den anderen über das große Ereignis zu sprechen, zu erzählen und zu fragen: »Was hat er dir gesagt? Hullo, wie war er denn zu dir?«

So viel Aufregung wie heute hat es auf der ganzen Welt überhaupt noch nicht gegeben.

Herta betrachtet nachdenklich mit gefurchter Stirn ihren roten Schopf im Spiegel. Kann man sich denn auf gar nichts mehr in der Welt verlassen? Nicht einmal auf *sex appeal*? Herbert steht hinter ihr, sein Monokel blitzt tausend Kriegserklärungen.

»Nun kommt aber feiern, Kinder, wenn heute nicht begossen wird, dann weiß ich nicht, wann sonst?«

Bei der bloßen Möglichkeit, daß ihre Worte nicht die nötige Würdigung finden, ist Suse gekränkt und beleidigt. Aber sie stößt nirgends auf Widerstand. Keiner ist in Stimmung, nach Hause und schlafen zu gehen. Günther setzt Richard in aufgeregten Tönen auseinander, daß das dringende Bedürfnis nach einem Schlager vorliegt, der: »Kinder, heut muß mal getrunken werden!« oder so ähnlich zum Inhalt hat. Er fuchtelt bereits aufgeregt mit Papier und Bleistift und Richard sagt: »Schon möglich, schon möglich!«

»Abend, Herrschaften! Na, ihr macht aber einen Krach, das muß man sagen.«

Kein Mensch hat gehört, daß die Tür aufgegangen ist.

»Robert!« Nicht Elli hat ihn zuerst erkannt, sondern Hullo, und es klingt nicht gerade sehr beglückt.

»Nun, habe ich mich geirrt? Ist er es oder ist er es nicht?«

Vielleicht liegt es daran, daß Ellis glückliche Gefühle durch keinerlei Ereignisse mehr gesteigert werden können ... jedenfalls ist ihr Roberts Eintreffen sehr egal. Sie fliegt pflichtschuldigst an seinen Hals, aber sie fragt viel zu erstaunt: »Wieso hast du denn Zeit?«

»Zeit habe ich keine, bloß Sehnsucht!« ist die Antwort.

Sie küßt ihn, aber sie glaubt es nicht recht.

»Darf Robert mitkommen?«

Es besteht kein Zweifel, daß Suse die Frage bejahen wird, aber recht ist es ihr doch nicht, daß sie eine Erlaubnis hierzu abwarten muß; wenn ein Kollege hereingeschneit gekommen wäre, wäre es nicht nötig!

»Müssen wir dahin gehen?« fragt Robert unterwegs leise.

»Wir müssen nicht, aber ich möchte gerne.«

Alles kommt viel zu spät im Leben! Daß Robert außerhalb seines festeingeteilten Programmes Sehnsucht hat, daß er lieber mit ihr allein sein möchte ... das wäre alles noch vor einem Monat die große Erfüllung ihrer Träume gewesen. Heute abend macht er sie bloß nervös! Und wenn er nicht zuhören müßte, wie sie den anderen Kollegen zum hundertsten Male die Worte Dr. Königs wiederholt, würde er dies alles gar nicht erfahren. Sie hat nicht das Bedürfnis, mit ihm darüber zu sprechen.

Elli und Hedwig rufen schon am nächsten Morgen bei der Filmgesellschaft an.

»Verreist«, sagt Hedwig enttäuscht. »In Paris! Und wann wird er zurückerwartet?«

»In einigen Wochen erst.«

Beide schweigen. Sie wissen zu genau, was es bedeutet, wenn eine Sache wiedermal auf Wochen hinausgeschoben wird. Empfehlungsschreiben haben die komische Eigenschaft, daß man sie nicht wochenlang mit sich herumtragen darf oder in der Schreibtischlade aufbewahren ... sie werden davon so geschmacklos wie altbackene Semmeln.

Hedwig sieht heute grau und elend aus. Puder und Schminke haben sich nicht mit ihrem Teint vereinigt, die Augen liegen tief in den Höhlen und sind ohne Glanz.

»Ich habe das nun schon zu oft erlebt. Immer, wenn man glaubt, daß man ganz nahe daran ist, kommt so ein dummer Zwischenfall ...«

»Es ist ja noch nicht verdorben«, wendet Elli schwach ein, aber sie spürt selbst, daß ihre Worte keinen Glanz haben.

»Nein, es ist noch nichts verdorben«, gibt Hedwig höflich zu.

»Es ist so schöner Frühling heute draußen, komm, wir wollen bißchen spazieren gehen ... ich habe so Sehnsucht nach Sonne.«

»Ich bin so faul.«

Auch Elli ist faul. Sie spürt förmlich, wie zerschlagen Hedwig ist, und die ganze Unlust, die auf ihrem müden Gesicht liegt, teilt sich ihr mit, macht sie selber schlaff und traurig. Außerdem steckt die Enttäuschung wie ein Knebel in ihrem Hals und sie würde sich viel lieber irgendwohin legen und heulen, aber sie will nicht, sie will dies alles nicht zugeben und sagt streng:

»Komm jetzt, bei diesem Wetter zu Hause zu sitzen, ist eine Sünde.«

Hedwig widersetzt sich nicht länger und so marschieren sie beide nach Halensee. Elli hat sich vom Frühlingswetter ein bißchen Heiterkeit und gute Laune versprochen, aber die laue Luft, die sie empfängt, die glitzernde Sonne auf der Straße und mehr noch die Schaufenster mit den neuesten Frühjahrsmodellen und die vielen flotten, schicken Frauen stimmen sie müd und traurig. Gegen ihren Willen bleibt sie stehen und verliebt sich auf den ersten Blick hoffnungslos in ein Complet von Beige und Rot. Dieses Complet ... so schick ... so heiter ... so dezent und kindlich dabei, ist für sie erdacht worden. Da steht sie nun, sie, die einzige moralisch rechtmäßige Besitzerin, und kein Weg führt von ihr dahin ...

Hedwigs Augen hängen gebannt an einem Traum aus schwarzweißem Crêpe Georgette, und sie flüstert: »Zum Anziehen haben wir auch nichts!«

Elli sieht traurig auf ihren Wintermantel, der trotz aller verzweifelten Bemühungen – Gürtel in der Mitte, hochgestellter Pelzkragen – nicht einmal den vorletzten Schrei vortäuschen kann und dessen viele glänzenden Stellen heute besonders aufdringlich leuchten, und so sagt sie: »Komm doch weiter!«

Aber schon am nächsten Schaufenster kann man nicht vorübergehen, diese Schuhe für alle Lebenslagen: zierliche mit französischen Absätzen, englische, flache, bequeme ... geflochtene Sandalen bunt und übermütig, sie sind ein atemberaubender, fesselnder Anblick.

Elli träumt sich in all die gesehene Pracht hinein und versucht, sich damit im Geiste dem aus Paris heimgekehrten Filmdirektor zu präsentieren. Sie entspinnt im Weitergehen eine lange Szene zwischen sich und dem gefürchteten Herrscher über Tod und Leben, in der sie ebenso geistreich wie schlagfertig, ebenso hübsch wie originell ist und in deren Verlauf sie eine Hauptrolle für den nächsten Film bekommt, eine Rolle, in der sie ihr Talent ungehemmt entfalten kann. Sie ist eben dabei, sich einen Partner für die Rolle auszuwählen, sie schwankt noch zwischen Gustav Fröhlich, Max Hansen und Hans Albers und ist schließlich dabei, sich für Albert Préjean zu entscheiden, als Hedwig sagt: »Ach, Quatsch, genug Frühling, gehen wir nach Hause, ich habe schauerliche Kopfschmerzen.«

»Gut, gehen wir nach Hause!«

Die eben gebauten Luftschlösser haben ihr wieder die gute Laune zurückgegeben. Schließlich hat König ja trotz allem gesagt: Sie haben keinen Grund zur Mutlosigkeit, gewöhnen Sie sich das ganz ab!

Hedwig legt sich zu Hause sofort ins Bett und man sieht ihr an, wie nötig sie die Ruhe hat. Ellis hausfrauliche Talente reichen gerade bis Rühreier und Kaffee. Was wäre man ohne diesen Trost von ungezählten Tassen Kaffee und Zigaretten?

Gleich nach der Mahlzeit schläft Hedwig ein. Sie sieht jetzt wieder etwas besser aus, das Gesicht ist schon wieder rosig und freundlich, der gespannte Zug ist daraus vollkommen entschwunden; wenn nicht manchmal ein leichter Schauer durch ihren Körper liefe, sähe es aus, als träumte sie vollkommen glücklich und friedlich.

Elli bleibt unschlüssig im Zimmer stehen. Sie hat keine Lust, nach Hause zu gehen; es ist noch besser, mit einer schlafenden Hedwig zu sein, als ganz allein. Sie kramt ein bißchen unter Hedwigs Büchern und entschließt sich dann dazu, an Hanna zu schreiben.

»Liebe Hanna!

Ich danke Dir für Deinen letzten Brief. Du bist ein Engel! Die zehn Mark kamen wieder einmal zur rechten Zeit! Ich habe sie meiner Wirtin verheimlicht und ein paar Tage üppig gelebt.

Heute habe ich wieder einmal etwas Schönes zu berichten. Denke Dir: Dr. König und Hoffmann haben Wort gehalten und waren gestern wirklich in der Vorstellung. Hedwig und ich haben, Gott sei Dank, so sehr Königs Wohlgefallen erregt, daß er uns sofort eine Empfehlung gegeben hat. (Film!) – Also halte jetzt die Daumen, daß Du Dir bald Deine Elli im Kino anschauen kannst.

Es geht mir jetzt überhaupt sehr gut. Ich fühle mich wieder sehr jung, stark und zuversichtlich!«

Elli hält inne, um das Geschriebene nochmals durchzulesen: »Jung, stark und zuversichtlich!«

»Natürlich bin ich das!« sagt sie dann und schreibt weiter.

Viertes Kapitel

Hedwig ist krank. Gewiß, Hedwig war schon öfter krank, ein bißchen Husten, ein bißchen Fieber ... es ist sogar schon manchmal vorgekommen, daß sie abends im Romanischen Café gefehlt hat. Aber jetzt, plötzlich mitten in den Vorbereitungen zum neuen Programm, bei dem sowieso nichts klappen will, die Chansons nicht sitzen, die Pointen nicht kommen, Hullo – kein Mensch weiß wieso – keine Einfälle hat, Elli herumsitzt und klagt: Ich kann das nicht bringen, ich bin nicht groteskkomisch, ich kann nicht und ich will auch nicht! mitten in dieses verzweifelte Chaos plötzlich eine Expreßkarte zu schreiben: »Ich liege seit heute morgen im Krankenhaus Westend, Blutsturz. Kommt mich mal einer besuchen!«, das ist toll! Das ist lächerlich! Das ist eine Tücke des Schicksals, die man sich nicht verdient hat.

Mit wem wird man jetzt die Rolle des intellektuellen Strickmädchens im zweiten Sketch besetzen und wer wird die Persiflage auf den Vamp bringen?

»So schön mager war sie und dabei war alles da. Wo gibt's das noch in ganz Berlin?«

Hullo schreit das, Hullo weint das beinahe!

Blutsturz, was heißt denn das? Natürlich hat sie was auf der Lunge, jeder Mensch hat etwas auf der Lunge, der die Unvorsichtigkeit begeht, sich untersuchen zu lassen. Aber Blutsturz, so wie die Kameliendame? Lächelnd im Bett liegen und dahinsiechen? Wer hat zu solchen Dingen Zeit? Nein, Blutsturz ist nichts für unsereinen! Man sitzt zwar den ganzen Tag im Romanischen und abends im Kabarett, man hat sich seit Monaten nicht richtig satt gegessen; wenn man aufpassen würde, hätte man sicher Nachtschweiß und Rückenstechen, aber du lieber Himmel, wer hat Zeit, aufzupassen ... wer hat Zeit, an sich und seinen nie mehr ganz beruhigten Magen zu denken? Man muß doch »was werden«, man hat etwas zu sagen und man will vorwärts kommen! Und da geht Hedwig einfach hin, kriegt einen Blutsturz und liegt im Krankenhaus Westend. Ist das auszudenken?

»Man muß sie besuchen«, sagt Hullo endlich. »Elli, du gehst hin. Keine Widerrede, du gehst hin und bringst ihr Sonnenschein und saure Bonbons ans Krankenlager. Das gehört sich so. Eigentlich sollte man doch noch jemanden verständigen! Hat sie nicht sowas wie einen Gefährten ihrer Schmach, einen Liebhaber, einen Zuhälter ... ist da nicht immer sowas Blondes, Lächerliches bei den Proben rumgesessen? Ja, also Elli, du gehst hin und fragst sie, wer ihre trauernden Hinterbliebenen sind. Wir werden dir jeder zwanzig Pfennig geben, dafür kaufst du Zuckerln oder Bananen oder Spielzeug oder was du willst! Und du, Herbert, du gehst noch heute auf die Pirsch und bringst mir von wo du willst eine blonde Dreigroschengarbo. Dir glauben ja die Mädels alles, was du ihnen erzählst, also erzähl' ihnen was. Wenn's sein muß, verführ' sie halt, das sind Geschäftsspesen, mein Lieber!«

»Eiskalt kann einem werden, wenn man euch zuhört! Die Hedwig liegt doch nicht im Sterben, bis zur Aufführung kann sie zehnmal gesund werden!«

»Sie kann, sie kann! Und wenn sie es nicht wird? Dann sitzen wir da mit deiner Weisheit, du sentimentales Luder!«

»Ich bin ja schon still!«

Ich muß ja still sein, denkt Elli. Wenn ich noch ein Wort rede, fange ich zu weinen an. Immer diese Tränen. Robert hat recht: Ich bin hysterisch. Alt und hysterisch. Das machen die ewigen Sorgen. So sieht man also aus, wenn man einundzwanzig Jahre alt ist und noch nichts erreicht hat. Wie mager mein Gesicht geworden ist. In den Romanen steht immer: Man sieht nur mehr Augen ... In Wirklichkeit ist das ganz anders, man sieht nur mehr Nase!

Sie blickt krampfhaft in den Spiegel und denkt: Nicht weinen, um Gotteswillen, nur nicht weinen!

»Du kommst mit, Hullo!« Die Tränen sind schon wieder tief unten und für eine Weile aufgehoben. Man kann also wieder sprechen. »Du kommst mit!«

»Ich, wieso ich? Du meinst, ein anderer wird für mich die Plakate malen und die Chansons zu Ende dichten ... ihr unbegabten Nichtskönner, ihr!«

»O, du kannst mir auch mal was zu Gefallen tun, ich bin schließlich auch wer!«

Jawohl, ich bin auch wer! wiederholt sie innerlich erbittert und ihre Gedanken machen einen Sprung in die Bayreutherstraße 3, zwei Treppen hoch ... Ich lasse mir nicht alles gefallen. Robert, ich bin auch wer!!! Ich habe auch nur Nerven, auch auf mich muß man Rücksicht nehmen ...

»Na, also, jetzt wird die auch noch hysterisch! Alles hat sich verschworen, gegen das neue Programm ... der Teufel soll euch alle holen!«

Ellis Gesicht ist zu Ende geschminkt.

»Wie sehe ich aus, Suse? ...«

Hullo tobt schon draußen auf der Bühne.

»Sind schon Karten verkauft, heute? Werden Leute kommen? ... Ganzes Kollektiv nach der Vorstellung hierbleiben, große Besprechung!«

Hedwig liegt im Bett, vor sich das aufgeschlagene Rollenheft. Bis zur Premiere muß man gesund werden, schlappmachen gilt nicht! Seit zwei Tagen liegt sie im Spital, aber die zwei Tage haben sie merkwürdig verändert. Hedwig ohne Schminke, im Spitalskittel, mit mageren Armen, spitzen Schultern, keine Zigarette zwischen den Lippen. Es ist auf den ersten Blick zu sehen, daß Hedwig nicht die Kameliendame ist. Es ist nicht poetisch, lungenkrank zu sein, es ist nicht poetisch, in einem langen, freudlosen Spitalssaal zu liegen, zwischen hustenden, spuckenden Menschen. Es ist nicht die Krankheit, die Elli aus der schönen Literatur kennt, es ist eine arme, arme Proletarierkrankheit, es ist ein häßliches Siechtum. Keiner von ihnen wird mit einem bißchen Blut auf den Lippen und einem Lächeln sterben. Auf diesen Gesichtern steht mit großen Buchstaben: Elend, Hunger, ewige Entbehrungen. Elli möchte sich verkriechen können, um dies alles nicht sehen zu müssen. So ist das also, so! Eine Frau bekommt einen Hustenanfall, ihre mageren Arme klammern sich an die Schwester, als wenn die das Leben selber wäre. Die Schwester hält ihr die Spuckschale näher, wischt ihr den Schweiß von der Stirn und spricht ihr leise und eintönig Mut zu. Aber die Arme hört sie nicht. Sie kämpft heute wie gestern, wie vorgestern, wie viele, viele Tage mit dem Gespenst, das ihr die Kehle zudrückt, qualvolle, endlose Minuten.

»Das ist ein schwerer Fall«, erklärt Hedwig mit geheimnisvoller Miene. »Die bekommt gar keine Behandlung mehr ... und die dort drüben, die ist erst neunzehn Jahre alt ... Nicht zu glauben, wie?«

Hedwig erzählt graue Geschichten, von Bett zu Bett, die sie alle in den zwei Tagen kennen gelernt hat.

»Aber bis zur Premiere muß ich gesund werden, das ist klar!«

Elli sieht starr auf Hedwigs Bettdecke, wo das Rollenheft liegt. Sie sagt kein Wort! O, nein ... Soll doch Hullo reden, der Feigling. Aber auch Hullo ist still. Ich habe ja noch einen Durchschlag von ihrer Rolle zu Hause, denkt er.

»Man soll Kranke nicht aufregen«, erklärt er würdevoll beim Nachhausegehen, »ich habe absichtlich nichts von einer Rollenumbesetzung gesprochen.«

Elli kommt noch zwei-, drei-, vier-, fünfmal. Die Premiere ist längst vorüber und Hedwig liegt noch immer im Spital. Sie hat sich das Fragen abgewöhnt.

»Wie ist die Neue, kann sie spielen?«

Nein, sie kann nicht spielen. Elli findet sie scheußlich. So ein Mädchen aus gutem Hause! Früher einmal haben sie gemalt und musiziert vor dem Heiraten! Heutzutage müssen sie Theater spielen! Herbert hat sie aufgegabelt, der Monokelfatzke, ihm gefällt sie natürlich, weil sie elegant ist! Kunststück, wenn mein Vater 'ne Villa in Grunewald hat, bin ich auch ein elegantes Mädchen. Aber Theater spielen kann sie nicht, das steht fest!

Und Elli erklärt genau und detailliert, warum sie nicht Theater spielen kann ...

»Stell dir bloß vor: bei ihrem Abgang im zweiten Sketch, da hat sie doch zu sagen ...« und sie spielt die kleine Szene mit allen Schwächen der Kollegin temperamentvoll vor.

»Ach Gott, diese herrliche Pointe wirft sie unter den Tisch ... so ein Rindvieh!« Hedwig sinkt entsetzt in die Kissen zurück und ist todunglücklich.

»Wart nur, bis du wieder gesund bist, dann wird alles anders werden!« tröstet Elli. »Im nächsten Monat sind wir alle im Rundfunk engagiert, da bist du längst wieder dabei ...«

»Ach ja,« seufzt Hedwig, »ach ja, Kinder!« Und sie summt leise und halblaut: »Ich habe einen Freund, was man so nennt ... mich küßt ein Mann, der mich nicht kennt ...«

Und über das fremdgewordene Gesicht fliegt noch einmal die ganze Anmut, mit der sie zwischen Ironie, Wehmut und Überlegenheit ihre sentimentalen Texte gesprochen hat. Elli lächelt mühsam und denkt an ihre erste Begegnung mit Hedwig: »... und die hat sich Reinhardt entgehen lassen?«

Aber eines Tages fragt Hedwig nichts mehr. Nicht nach der Neuen, nicht nach Hullo, nicht nach Tratsch im Romanischen Café. Sie hustet viel und erzählt mit heiserer Stimme, um wieviel kränker die anderen hier im Spital sind als sie, sie jammert nach Zigaretten, und manchmal sieht es so aus, als ob sie das Leben außerhalb des Spitals Westend schon halb vergessen hätte.

Eines Tages kommt Elli vergeblich zu Besuch. Hedwig ist die Nacht vorher gestorben ... »ein halbes Jahr eher, als wir alle dachten«, versichert ihr der Arzt.

Elli rennt mit dem Spitalszettel zu Hedwigs ehemaliger Wohnung. Sie hat es auf sich genommen, die Angehörigen zu verständigen ... Angehörigen ... aber Hedwig hat doch nie von jemandem gesprochen, nicht mal in den allerletzten Wochen. Irgend jemanden muß sie aber doch schließlich gehabt haben, eine Schwester in Graz, einen Onkel in Budapest, einen ehemaligen Freund in Wien. Man muß ihre Sachen durchsehen, man wird schon etwas finden.

Die Wirtin schlägt die Hände über dem Kopf zusammen und ruft immer wieder: »Ach Gott, dreißig Jahre und schon sterben müssen ... welch ein trauriges Los! ...« Dann sieht sie endlich ein, daß man irgend jemanden benachrichtigen muß, und führt Elli in die Rumpelkammer, in der Hedwigs Sachen aufbewahrt sind.

»Hier in diesem Koffer hat sie immer ihre Korrespondangsen aufgehoben«, erklärt sie und Elli entschließt sich widerwillig, den Koffer zu öffnen. Briefe verstreut, Briefe in Bündeln verschnürt, ein besonders dickes, sorgfältig verschnürtes Paket ... Liebesbriefe, sieht Elli auf den ersten Blick. Ob man dem Jungen was schreiben muß?

»Liebe, schöne, süße Hedwig,
ich muß Tag und Nacht an Dich denken ...«

Von wann sind diese Briefe? Februar 1923 ... Wien. Du lieber Himmel, ist das lange her ... und hier März 1923: »Wir müssen es möglich machen, daß Du ein Engagement in Wien bekommst. Ich halte die ewigen Trennungen nicht mehr aus.«

Aha, also auch Zeit vertrödelt mit einem kleinen Jungen in Wien. »Der Tisch ist gedeckt« gesagt, statt in Breslau oder Aussig die Jungfrau von Orleans zu spielen. Aber was soll man diesem Jüngling jetzt schreiben? ... »Ihre von Ihnen einstmals heißgeliebte Hedwig, an die Sie im Februar 1923 Tag und Nacht denken mußten, ist hier in Berlin im Krankenhaus Westend gestorben.«

Aber hier noch ein Bündel Briefe:

»Klagenfurt 1926. Sehr verehrte gnädige Frau, verzeihen Sie meine Unverschämtheit, aber ich sah Sie gestern als Nora und ...«

Ach so, der unvermeidliche Verehrer aus der Provinz. Briefe von Kollegen, Briefe von Kolleginnen, Zeitungsausschnitte: Klagenfurt, Breslau, Frankfurt am Main ...

»Die jugendliche Salondame Hedwig P. spielte die Rolle mit dem unvergleichlichen Charme ihrer Persönlichkeit.«

»Hedwig P. in der Titelrolle begeisterte das Publikum wieder durch ihre Leistung. Ich glaube nicht zu irren, wenn ich in Fräulein Hedwig P. ein bemerkenswertes Talent sehe, dem ich eine schöne Zukunft voraussage ...«

Elli läßt mutlos die Arme sinken.

»Ich glaube, wir müssen niemanden benachrichtigen, Frau Kulicke. Alle die Leute hier«, sie macht eine vage Handbewegung und schweigt.

Da liegt es nun, das Schicksal von Hedwig P. Geboren zur Jahrhundertwende in Wien, dort aufgewachsen, jung, unterernährt, den Weltkrieg überstanden, ehrgeizig, talentvoll, groß, schlank und mutig mit siebzehn Jahren ins erste Engagement gefahren ... Sie hat ihr Herz ein-, zwei-, ein dutzend-, hundertmal, wer kann es wissen, wie oft, verschenkt. Sie ist die geliebte Hedwig gewesen, das hochbegabte Fräulein Hedwig P., das zu den schönsten Hoffnungen berechtigte, und sie ist in Berlin mit dreißig Jahren an Hunger, unbefriedigtem Ehrgeiz, liebeleerem Leben einsam und unbetrauert gestorben.

Fünftes Kapitel

»Elli, Elli, wo steckst du denn?« Hullo brüllt es in den verdunkelten Zuschauerraum.

»Was ist denn los, du Wahnsinniger, ich komme ja schon, was willst du denn von mir?«

»Da, lies! Na, so lies doch!«

»Die heutige ›B. Z.‹! Wozu denn so plötzlich?«

»Da lies, wo mein Zeigefinger ist, und dann frag weiter!«

›Wie uns gemeldet wird, wurde der junge Dichter Mario Torrigani als Dramaturg an das ›Neue Theater‹ engagiert. Das Theater hat seine Komödie: »Kennen Sie meine Frau?« zur Aufführung angenommen.‹

»Na, allerhand! Der schöne Mario macht Karriere!«

»Dazu zeige ich dir das nicht. Hingehen, sofort hingehen! Er soll dir eine Rolle in dieser blöden Komödie verschaffen.«

»Ach Hullo, geht denn das? Einfach hingehen?«

Das ist zu viel für Hullo!

»Ob das geht? Du bist, weiß Gott, das dämlichste Frauenzimmer, das mir je begegnet ist! Erst übersieht sie so eine lebenswichtige Notiz und dann fragt sie, ›ob das geht‹!«

Elli hat ein schlechtes Gewissen.

»Ich habe die heutige ›B. Z.‹ noch nicht gelesen«, verteidigt sie sich schwach.

»Und einfach hingehen, weißt du ...«

»Also, dann geh' meinetwegen zweifach hin! Komm jetzt, du Schaf!«

Hullo geht voraus und Elli folgt ihm schuldbewußt. Vorerst geschieht das, was immer geschieht, wenn ein lebenswichtiger Schritt unternommen wird: Hullo telephoniert!

»Ja, hier Kabarett ›Jazz‹. Können wir Ihren Herrn Torrigani sprechen? ... Mario? Ja, hier ist Hullo! Hullo ... H wie Herta ... U wie Ulrich ... ja, Hullo, stimmt schon! Also erstens gratuliere ich dir feierlichst, zweitens will ich was von dir! Du kennst doch unsere Elli. Ja, die Kleine, Schwarze! Also, ich möchte dich sehr bitten, daß du eventuell für das Kind da in eurem Betrieb was tust ... wie? ... anhören? ... aber du hast sie doch schon mal gehört! Euer Regisseur, Freitag großes Vorsprechen ...? Na ja, das ist sehr schön, aber es wäre doch gut, wenn du für die Kleine ein paar Worte privat mit dem Mann sprichst ... Freitag um zehn Uhr soll sie zu dir kommen? Wohin? Neues Theater ... Aha, aha ... sehr gut! Vielen Dank ... Tach! Wiedersehen!«

Stolz und glücklich legt Hullo den Hörer auf die Gabel.

»Na, Kleine, wie habe ich das wieder mal gemacht?«

»Hullo, du bist der netteste, beste und klügste aller Kollegen ... Du bist ...«

»Schon gut, schon gut, und du bist ein Schaf, merk dir das endlich! Und jetzt 'rauf auf die Bühne! Probe, Probe!«

Freitag vormittag zehn Uhr. Ungefähr fünfzig Mädchen zwischen siebzehn und dreißig Jahren drängen sich auf dem Gang im Neuen Theater und warten auf den Regisseur. Elli fühlt sich todunglücklich, wie immer bei solchen Gelegenheiten. Sie vergleicht ihr Spiegelbild mit dem Anblick der anderen Mädchen und das Urteil fällt sehr zu ihren Ungunsten aus. Daheim ist sie sich ganz hübsch vorgekommen, in dem von Suse gepumpten Pelzjäckchen, das Mützchen verwegen möglichst tief im Nacken, die rosa Seidenbluse mit der flotten Masche ... »patent siehste aus«, hat Hullo gesagt und Elli hat gefunden, daß er recht hat. Aber hier, hier findet sie das plötzlich gar nicht mehr. Schon wieder ist sie die Kleinste von allen! Man müßte ja total verrückt sein, um zu glauben, daß man den Vergleich mit all den hochgewachsenen, eleganten, modernen Frauen auch nur im entferntesten wird aushalten können.

Der Diener kommt auf sie zu und fragt:

»Sie sind die Dame, die von Herrn Torrigani bestellt ist?«

»Ja, ich bin ...«

Elli fühlt sich in eine Ausnahmestellung gedrängt und das hebt ihr Selbstbewußtsein.

»Herr Torrigani läßt bitten, sich noch eine Weile zu gedulden, es wird leider noch eine Zeitlang dauern ...«

Ein paar Mädchen sind durch das kleine Gespräch auf Elli aufmerksam geworden und mustern sie neugierig.

Elli fühlt sich schon bedeutend besser. Sie zieht den Handspiegel hervor, legt ein bißchen Lippenrot auf, schlägt die Beine übereinander und beschließt, Mut zu haben.

»Verzeihung, gnädige Frau, ich habe Sie doch im Jazzkabarett bewundert ... nicht wahr, ich irre mich doch nicht ...?«

Elli starrt entgeistert auf ein sehr schönes, exotisch aussehendes Mädchen, das diese Frage an sie richtet.

»Schrecklich nett von Ihnen, natürlich bin ich das.«

»Ich freue mich, daß wir uns kennen lernen. Ich fand Sie nämlich reizend.«

Hullo lacht sich scheckig, wenn ich ihm von meiner neuesten Berühmtheit erzähle, überlegt Elli.

»Wollen Sie sich nicht zu mir setzen?«

Die andere hat den kleinen roten Samtsessel nähergezogen, sitzt nun Elli gegenüber und lächelt wie eine Photographie.

Die sieht ja aus, wie aus der »Vogue« herausgesprungen ... wie machen die Frauen das bloß alle? denkt Elli weiter.

»Ich heiße Bianca«, sagt die andere jetzt (es rasselt sehr fremdländisch, wenn sie spricht) und setzt irgend einen abenteuerlichen Zunamen hinzu. »Wie lange sind Sie schon in Berlin, gnädige Frau?«

»Sagen Sie doch nicht gnädige Frau zu mir!«

Elli fühlt sich wirklich sehr geniert und sie nennt hastig ihren Namen ... »Ich bin seit eineinhalb Jahren hier ... und Sie?«

Komisch, daß kein Mensch daran denkt, daß einer auch einmal in Berlin geboren sein könnte?

»O, ich ... (die fremdländische Bianca lächelt ihr schönstes Filmlächeln, bei dem man zwei Reihen wunderschöner weißer Zähne sieht) ... ich bin mal da und mal da. Ich bin nie lange in ein und derselben Stadt.«

Schönen Menschen gegenüber ist Elli immer schon wehrlos gewesen und auch jetzt fühlt sie sich von dieser interessanten Frau, die noch dazu so lieb zu ihr ist, restlos bezaubert.

»Sagen Sie einmal, wo ist denn diese große, blonde Frau hingeraten, die in den ersten Programmen mitgewirkt hat? Wissen Sie, ich meine ...«

»O ja, ich weiß! Hedwig ... Sie ist gestorben ...«

Jetzt ist nur mehr Kummer in Elli. Daß man überhaupt schon wieder lachen konnte seit Hedwigs Tod?! Der Mensch ist schlecht und böse!

»Gestorben?« sagt die andere ungläubig.

Da wird Ellis Name gerufen und der Diener erscheint, sich seiner Würde voll bewußt, um Elli zu ihrem Schicksal zu führen. Elli springt auf, Bianca hat gerade noch Zeit, ihr ein herzliches »Hals- und Beinbruch« nachzurufen, und Elli folgt klopfenden Herzens dem Diener.

Ob Mario sie gleich dem Regisseur vorstellen wird? Oder ob er erst mal mit ihr allein spricht? Das beste wäre entschieden, den Regisseur ins »Jazz« zu bringen ... beim Vorsprechen ist noch nie was Gescheites ’rausgekommen. Der Diener klopft an eine weiße Tür: Dramaturgisches Büro und darunter Marios Visitenkarte kann Elli noch lesen, aber sie begreift alles nur mehr halb ... Die Türe ist schon geöffnet und Elli betritt das Zimmer. Mario ist allein! Gott sei Dank, da kann man erst mal in Ruhe verschnaufen. Gut paßt ihm der Schreibtisch. Na ja, er war ja immer schon eine Sitzschönheit.

»Guten Tag, Elli, setz dich doch!« Er streckt ihr über den Schreibtisch hinweg die Hand hin und erhebt sein Hinterteil nur andeutungsweise vom Sessel.

Elli setzt sich verlegen nieder. Ein Mann, der zwischen sich und dem, der etwas von ihm will, einen Schreibtisch aufgestellt hat, hat Schranken aufgerichtet, die auch durch Erinnerungen an gemeinsam verbrachte Kaffeehausabende und gegenseitig gepumpte fünfzig Pfennig nicht zu überbrücken sind.

Mario legt ein paar Stöße beschriebenes Papier von der linken auf die rechte Schreibtischseite und seine Augen verraten, daß er innerlich noch sehr bei seiner Arbeit ist, er zündet sich mit geistesabwesendem Lächeln die Zigarette an, schlägt sich dann mit einem »O, pardon« auf die überanstrengte Stirne und hält schließlich auch Elli sein Etui hin. Er lächelt wohlwollend und noch nicht ganz bei der Sache und fragt schließlich: »Nun?«

»Ja, Hullo hat gemeint, daß du ... so nett sein willst ... und hier wegen einer Rolle ...«

Na, sehr schneidig hat das nicht geklungen! Hullo wird man das entschieden anders erzählen müssen.

Mario lächelt so milde wie der liebe Gott.

»Ja, Kind, siehst du, ich lasse mich prinzipiell nie von persönlichen Gefühlen und Sympathien ... beeinflussen. Du kannst selbstverständlich heute oder irgendwann bei unserem Regisseur vorsprechen ... ich kann ihm ja auch sagen, daß ich dich nicht für unbegabt halte ... was ja durchaus der Fall ist ... Aber ich persönlich habe wenig Hoffnung! Was wir hier suchen (und jetzt schwillt seine Stimme zu dem eindringlichen Pathos eines Volksredners an), sind moderne Typen! (hier eine Handbewegung zur Decke hinauf, die Frauen in der Größe von 1.90 andeutet.) Denn wir sind hier durchaus modernes Komödientheater! Was unsere Schauspielerinnen haben müssen, ist: Erstens Aussehen (wieder entsprechende Handbewegung)! Zweitens *sex appeal*, drittens, na und so weiter ...!«

Vor Ellis Augen tanzen hundert Marlene Dietrichs, lange, schwarz bestrumpfte Beine, hundert Garbolächeln!

»Na, kurzum, mein Kind, ich sitze hier nicht als dein persönlicher Freund, der ich natürlich bin, sondern nur im Interesse dieses Theaters! Wenn ich Gelegenheit haben sollte, irgendwo anders, bitte, das ist durchaus nicht ausgeschlossen!, einige Worte für einen Hanneletyp einzulegen ...«

»Aber Mario, das bin ich doch schon ganz und gar nicht!«

»Es ist eine alte Geschichte, daß Schauspielerinnen nie wissen, was sie sind. Du bist durchaus die Darstellerin gewisser eindringlicher Elendsgestalten ...«

»Also, mit einem Wort: Du willst nichts für mich tun!«

»Na, da haben wir's ja, beleidigt!«

Mario lacht amüsiert. Er steht auf, stellt sich auf seine kurzen Beine, wodurch sein majestätischer Oberkörper sehr an Würde verliert, und nähert sich Elli mit väterlichem Wohlwollen. Aber auch Elli ist aufgestanden und wehrt Marios Hand ab, die nach ihrem Kinn faßt.

»Es ist nicht alles unmodern, was nicht mondän ist, mein Herr Torrigani, und es ist nicht alles unbegabt, was nicht mit ausrasierten Augenbrauen rumläuft ... vielleicht denkst du mal drüber nach!«

»Aber gern, gern! Ich bin immer bereit zuzulernen, kleines Mädchen!«

Es sieht fast so aus, als ob Mario sie milde zu sich ziehen wollte, aber Elli geht schon zur Türe. Dort wendet sie sich noch einmal zurück und schleudert ein Kraftwort ins Zimmer, ein Kraftwort, das ihr sofort ihre gute Laune wiedergibt und sie in die angenehme Lage versetzt, die Türe ohne besonderen Nachdruck leise und manierlich zuzumachen.

»Recht hast du gehabt«, wird Hullo sagen!

Und er sagt es auch!

Elli träumt von Henrik. Seit langer Zeit zum erstenmal. Sie träumt, daß sie mit Henrik wieder in Lovrana ist, wie damals vor drei Jahren. Sie sieht ganz deutlich das kleine, viel zu heiße Hotelzimmer vor sich, es ist durch den Traum kaum verändert, sie spürt Henriks Brust, auf der ihr Kopf liegt, seine Hand, die ihr Haar streichelt, und sie fühlt sich so beruhigt und glücklich und fragt sich erstaunt, warum sie denn in den letzten Wochen so verzweifelt war. Beim Erwachen bricht sie in Tränen aus und versucht, den Traum weiterzuspinnen. Noch immer fühlt sie die Meeresluft, die eben durchs Fenster zu kommen schien, und sie wendet sich verzweifelt zur Wand, um die Bäume, die die Suarezstraße umsäumen, nicht sehen zu müssen.

Den ganzen Tag zerrt die Sehnsucht nach diesem Traum an ihrem Herzen. Sie drängt mühsam die Tränen zurück und versucht krampfhaft, an Robert zu denken. Aber Robert ist heute sehr uninteressant. Sie muß zum Schreibtisch gehen und Henriks Bilder und Briefe betrachten. Sie preßt diese Blätter mit schlechtem Gewissen und Scham an ihr Gesicht und spürt noch den Duft, den Henrik in ihnen zurückgelassen. So hat seine Haut gerochen, seine Anzüge, sein Zimmer. Es ist der Duft von gutem Tabak, Eau de Cologne und Henrik, Henrik, Henrik ... Da sind seine Bilder. Dieses gutbekannte Männergesicht, Zug für Zug könnte sie es zeichnen ... Seine Briefe, diese ungeduldigen, krakeligen Buchstaben, die ihr schreiben: »Ich glaube, Du weißt gar nicht, wie lieb ich Dich habe ...«

Elli legt alles wieder in die Lade zurück und ist zornig und erbittert. Robert dürfte das nicht geschehen lassen, diesen Traum, diese Tränen, diese Sehnsucht. Das ist nicht recht von Robert, das ist seine große Schuld.

Erst ist es nicht ganz einzusehen warum Herbert so melancholisch ist, seit Herta eine Rolle im Film bekommen hat. Kollegenneid kann es unmöglich sein, er ist für sie immer eitler und ehrgeiziger gewesen als für sich selbst. Also, was ist es denn?

Eines Tages erscheint Herta und erklärt, daß sie leider aus dem Jazzkollektiv ausscheiden muß, weil es ihr nun an Zeit mangelt. Herbert verläßt bei diesen Worten das Zimmer und da wird es allen klar: Herbert ist eifersüchtig! Niemand nimmt diesen Weltschmerz ernst, nur Elli wird eines Tages aufmerksam. Sie will Herbert eine Botschaft für Herta mitgeben, aber dieser sagt: »Ich sehe Herta morgen nicht, ich sehe sie übermorgen nicht, ich sehe sie überhaupt nicht mehr.«

Elli weiß zu genau, was das zu bedeuten hat: überhaupt nicht mehr! Sie sagt daher besorgt zu Suse: »Man muß sich um Herbert kümmern!« Mit wem sonst soll man über diese Dinge sprechen? Lola zählt noch immer nicht mit. Sie ist ungerecht zu Lola, sie weiß es selbst, auch wenn Hullo nicht immer sagte: Schließlich hat sie doch Hedwig nicht umgebracht!

»Unsinn, das ist es doch nicht«, ruft sie. Aber sie kann es nicht ändern, daß sie die »Neue« nicht mag. Die wird immer die »Neue« bleiben ...

Solche Dinge versteht Hullo nicht, er will sie auch gar nicht verstehen. Er beachtet Ellis warnende und verzweifelte Blicke nicht und sagt ruhig in Herberts Gegenwart: »Wir müssen uns um einen Hertaersatz umsehen ...« Elli ringt innerlich die

Hände über so viel Taktlosigkeit, aber Herbert lacht: »Wozu, Kinder? Seht euch doch den Zuschauerraum an ... es kommen von Tag zu Tag weniger Gäste. Wie lange werden wir denn noch arbeiten können, eurer Meinung nach?«

Herbert hat leider recht. Es kommen tatsächlich fast keine Leute mehr. Jeden Tag sieht der Zuschauerraum trauriger aus. Es ist beschämend, vor diesen leeren Sesseln Theater zu spielen. Der Applaus von den zehn einsamen Gästen hallt dumm und sonderbar von den Wänden.

»Man kommt sich wie ein Narr vor«, stöhnt Elli.

Hullo steht mürrisch in den Kulissen herum und zuckt die Achseln:

»Diese verblödete Hitze im Mai!«

Aber um Herbert soll man sich wirklich kümmern, Elli hat recht. Es ist eine peinliche Veränderung mit ihm vorgegangen. Er sieht ungepflegt und unrasiert aus. Seine Hände sind nicht mehr sorgfältig manikürt, in dem vernachlässigten Gesicht, dem sonderbaren Wrack, blitzt ein blankgescheuertes Stückchen Glas, das Monokel.

»Komm heute noch 'nen Kaffee mit mir trinken«, leitet Elli eines Abends ihr Sichkümmern ein.

Aber dann sitzt er wortlos und mürrisch neben ihr, starrt geistesabwesend in seine Kaffeetasse und läßt Elli reden. Er hört gar nicht hin, selbst Ellis begeisterte Schilderungen vom letzten René-Clair-Film verhallen ungehört. Daß sich Männer so etwas auch so zu Herzen nehmen. Vielleicht hat Herta jetzt einen andern ... einen Einflußreichen,

Mächtigen ... vielleicht erlebt Herta jetzt ihre große Chance. Also, ein Mann kann das auch erleben, daß er weggeschoben wird, weil er der Karriere im Wege steht. Das, was Herbert jetzt erleben muß, ist schlimm. Es ist ein halbes Leben, das er führt. Die andere Hälfte hat man ihm weggenommen, und jetzt ist es ihm überlassen, aus dem, was ihm bleibt, wieder ein Ganzes zu schaffen. Das ist schwer! Aber obwohl man dies alles selber kennt, kann man dem andern nicht helfen. Hat es einen Zweck, tröstend seine Hand zu fassen und taktlos zu sagen: »Das geht vorüber, das wird wieder besser!« Und doch kann man nichts Klügeres tun, wenn man sich auch schon im selben Moment über die Schalheit seiner Worte schämt.

»Ja, ja, es geht vorüber!« sagt Herbert stumpfsinnig. Es sieht nicht so aus, als ob er von der Wahrheit des Gesprochenen sehr überzeugt wäre.

»Du sollst dich nicht so gehen lassen«, versucht Elli vorsichtig. »Sei doch wieder bißchen eitel.«

Herbert sieht endlich auf. Elli erschrickt vor der Leere und Abwesenheit des Blickes.

Ach, er hat ja ganz recht! Wozu sich zusammennehmen ... Ist es nicht besser, sein Gewand zu zerreißen, seinen Schmerz hinauszuschreien, als die Tränen nach innen zu weinen? Wozu noch tapfer sein, wenn die ganze Welt zusammengebrochen ist?

»Ich habe versucht, mit ihr zu sprechen.« Herbert spricht wie einer, der wochenlang stumm war. »Aber sie hat alles vergessen. Sie hat vergessen, daß wir Freunde waren. So kann nur eine Frau sein!«

»Ach, sag das nicht! Ich habe geglaubt: so kann nur ein Mann sein!«

Herbert lächelt zum erstenmal:

»Ganz genau so hast du es erlebt?«

»Ganz genau so! Ich habe immer gesagt: ich kann mir vorstellen, daß eine Liebe enden kann ... Leben und Tod kommen von Gott. Vielleicht muß man wirklich hinnehmen, was er uns schickt. Ich weiß es nicht! Aber daß die Freundschaft enden konnte, das kann ich nicht verstehen.«

Sie lächeln einander zu wie Verbündete.

»Wenn sie sich wenigstens anständig benommen hätte, zum Schluß ... verstehst du? Nicht so lächerlich schäbig ... wenn sie wenigstens fünf Minuten Trauer getragen hätte, um diese Liebe, die schließlich uns beiden gehört hat ... aber sofort, so kopfüber ... so quietschvergnügt in die nächste Sache hineinzuspringen, als wenn es nie eine Gemeinschaft zwischen uns gegeben hätte ...«

Elli nickt ernsthaft. »Ich habe das damals auch nicht verstehen können ...«

»Verstehst du es denn heute?«

»Nein. Ich verstehe ja auch nicht, daß es Krüppel geben muß, ich verstehe nicht, warum es Ungerechtigkeit gibt ... ich verstehe ja vieles nicht!«

Herbert sackt wieder in sich zusammen: »Wozu soll man denn noch weiterleben?«

»Doch, man soll!«

Das hört er schon nicht mehr!

Er ist wieder ganz zurückgekehrt zu seinem Schmerz, bei dem er keinen Gefährten hat, nicht einmal Elli, die denselben Weg gegangen ist wie er.

»Wir wollen gehen, ja?« schlägt Elli vor. Sie ist verzweifelt. Das ganze Sichkümmern scheint keinen Zweck zu haben. Auf der Straße versucht sie noch einmal vergnügte Schilderungen von ihrem letzten Filmerlebnis zu geben.

»Du mußt es dir ansehen, Herbert! Ach, dieser Préjean!«

»Ja, ist er wieder so wundervoll?«

»Noch wundervoller!«

»Mit wem warst du denn im Kino?«

»Mit Suse. Sie hat mich mitgenommen. Sie sind jetzt sehr bei Kasse, die beiden. Richard ist ein tüchtiger Junge!«

»Ja, ist er das? Aber wenn du willst, können wir morgen zum neuen Max-Hansen-Film gehen. Ich kann mir Karten verschaffen.«

Elli verspricht sich viel von Kinobesuchen. Sie weiß, daß plötzlich entflammte Begeisterung für einen Filmstar ganz erwachsene Menschen veranlassen kann, den Gashahn wieder zuzudrehen.

»Du bist doch die, die in Hansen so verliebt ist?« erkundigt sich Herbert.

»Ja, das bin schon ich! ...«

Elli ist noch in viele andere ebenso verliebt, aber momentan ist bloß wichtig, daß sich Herbert überhaupt für irgend etwas in seiner Umwelt interessiert. Also frisch drauf los, von Max Hansen geschwärmt, was ihr ja wirklich nicht schwer fällt!

»Mit dem könntest du sogar deinen Robert betrügen, was?«

Wie kommt Herbert plötzlich auf Robert? In leidenschaftlichem Trotz sagt sie erbittert:

»Warum nur mit dem? Robert könnte ich wahrscheinlich auch mit irgend einem anderen betrügen.«

Herbert lacht. Es klingt ganz echt und vergnügt.

»Du bist wenigstens ehrlich!«

Aber Elli beachtet ihn nicht, ihre Worte sind an Robert gerichtet; wenn er sie bloß hören könnte, wenn sie ihn nur verwunden könnte: »Ach, Robert, das ist doch nicht so eine Sache! Denkst du vielleicht, Robert ist mir treu? Und wenn ich es ihm bis jetzt war, ist das bloß Faulheit oder weil mir noch keiner gut genug gefallen hat, aber Treue ist das nicht!«

»Glaubst du, war Herta mir immer treu? ... oder hat sie auch so von mir gesprochen, wie du jetzt von dem Deinigen sprichst? O, ihr Weiber, mit euch soll man sich auskennen!«

Elli erschrickt. Na, da hat sie ja was Schönes angerichtet. »Aber Herbert, bei euch war das doch ganz was anderes ... bei euch war es ja die große Liebe! Da ist das Treusein ein Vergnügen. Robert ist doch nicht die große Liebe!«

Der letzte Satz ist wieder an Robert adressiert: Bayreutherstraße 3, zwei Treppen hoch.

»Wer kann wissen, wer Hertas große Liebe ist? Glaubst du wirklich, daß ich es war? Sie war wahrscheinlich immer nur in sich verliebt, oder vielleicht erlebt sie jetzt ihre große Liebe ... bei diesem Filmfatzken, diesem ...«

Herbert bleibt stehen. Aus seiner Kehle kommt ein sonderbarer Laut. Ellis Herz erschrickt und beginnt wild und angstvoll zu klopfen.

»O, nicht, nicht!« ruft sie verzweifelt.

Das ist nicht auszuhalten! Herbert darf nicht weinen, sonst wird man wahnsinnig, sie zieht ihn ungestüm zu sich hinunter, um sein Schluchzen an ihrer Schulter zu ersticken ... um seine Tränen nicht sehen zu müssen. Sie spricht in abgerissenen Sätzen erregt auf ihn ein: »So arg ist es ja gar nicht ... du bist ja noch jung ... du hast deinen Beruf ... du ...!« Erschöpft hält sie inne. Der Atem ist ihr ausgegangen, sie weiß plötzlich nichts mehr zu sagen, ihr Hirn sucht krampfhaft in den Erinnerungen: was hat man ihr damals noch alles gesagt? ...

»Es ist nicht zu ertragen!« stöhnt Herbert dicht an ihrem Ohr. »Es ist nicht zu ertragen ...«

Ellis kleine Fäuste hämmern wild gegen seinen Rücken: »Es ist zu ertragen, es muß zu ertragen sein ...«

Endlich regnet es. Heute werden Gäste kommen. Es regnet den ganzen Tag, es regnet die ganze Nacht und es regnet noch einen Tag.

»Wir sollten das nächste Programm einstudieren«, sagt Hullo flau.

Unlust liegt in der Luft und hat alle ergriffen. Theodor trägt schüchtern die Idee zu einer Revue vor, keiner hört richtig hin.

Elli versucht ein paar lahme Telephongespräche, aber es kommt nichts dabei heraus. Sie sucht nach

Dr. Königs Visitenkarte mit der Empfehlung an den Filmmann ...

»Er ist noch immer in Paris?« fragt sie entsetzt.

»Schon wieder, Fräulein!« wird sie von der Sekretärin belehrt. »Er war inzwischen schon einmal in Berlin ...«

»Aha, aha ...«

Also nicht telephonieren! Wozu auch? Briefe schreiben. Nach Wien? »Liebste, gute Hanna«, malt die Feder faul aufs Papier. Die Hand gleitet aus vor Nichtschreibenwollen ... im Hirn sitzt ein elender Druck, der alle Gedanken lähmt.

Endlich ist es Zeit, ins Kabarett zu gehen.

Heute wird Publikum kommen, heute wird es endlich wieder ein Vergnügen sein, zu arbeiten ...

Es regnet noch immer. Das Wasser quatscht unbehaglich in den Schuhen, über den Rücken laufen unentwegt kleine, kalte Schauer. Es wäre ganz nett, jetzt acht Tage lang krank zu werden: im Bett liegen mit ein bißchen Fieber und dösen! Acht Tage lang keinen Ehrgeiz und keinen Kummer haben, ach, das wäre schön! Elli gähnt laut und anhaltend.

Es sind auch heute nicht mehr als fünfzehn Gäste gekommen, heute war zu viel Regen. Zwischen Umziehen und Schminken fällt ihr ein, daß heute Mittwoch ist: Robert! Sie hat weder gestern noch vorgestern daran gedacht. Wie eine dumme Farce erscheinen ihr auf einmal diese regelmäßigen Zusammenkünfte: ein fremder Mensch, denkt sie müde, der fremdeste Mensch, den es gibt. Dabei hat man ihn einmal recht lieb gehabt, vor Tagen, vor

Wochen ... sie erinnert sich noch gut daran, wie es war. Nein, jetzt hat sie ihn nicht mehr lieb, gar nicht mehr lieb. Daß der Gedanke an dieses Nichtmehrliebhaben wehe tut, ist eine komische Schwäche ... Wenn nur die Vorstellung vor fünfzehn einsamen Gästen schon vorüber wäre.

»Bist du krank?« fragt Suse. »Du siehst so verkotzt aus.«

»Ich weiß es nicht, vielleicht bin ich krank.«

Der Gedanke an Krankwerden erweckt heute so angenehme Erinnerungen aus der Kinderzeit: Schule stürzen, acht Tage lang ohne Pflichten und dazu noch verwöhnt und umsorgt werden. Himbeersaft beim Bett und Bücher ...

Sie spürt einen leichten Schüttelfrost und denkt: Fieber. Natürlich, ich habe Fieber. Ich muß Robert absagen.

Der Gedanke an die heute Verabredung steigert ihre Nervosität ins Maßlose. In der Pause versucht sie zu telephonieren: Barbarossa 10–11. Das Telephon läutet endlos lange, bevor jemand den Hörer abnimmt. Elli schrickt aus ihrem Dösen auf, sie hat ganz vergessen, wozu sie hier steht. Mühsam formt sie Roberts Namen, mit der Bitte, ihn ans Telephon zu holen.

»Ist noch nicht zu Hause.«

»Nicht zu Hause, nanu ...?«

»Darf ich was bestellen?«

»Ja, bitte! Wer ist denn am Apparat?«

Sie beschließt gemeinsam mit dem Stubenmädchen, einen Brief auf Roberts Schreibtisch zu legen, in dem er von ihrer Erkrankung verständigt wird.

Elli gibt glühende Schilderungen von ihrem schlechten Zustand, sie nimmt dankbar alle ihr erteilten Ratschläge entgegen, verspricht sich ins Bett zu legen und zu schwitzen.

Nach diesem Telephongespräch fühlt sie sich beinahe ganz wohl, eine Last ist von ihr gefallen und sie denkt mit Bosheit und Triumph: Ich bin gar nicht krank, ich habe bloß keine Lust!

Im letzten Sketch fällt ihr dann ein, daß sie Robert hätte heute sehen können ... sie spürt ihn plötzlich ganz deutlich in seiner blonden Herrlichkeit und hat Sehnsucht nach ihm, schwindelnde Sehnsucht nach seiner Nähe. Müdigkeit und Schlaf sind vergangen, nicht nach Hause gehen, bloß das nicht.

Sie sitzt bis zwei Uhr früh mit Herbert in Hullos Bude, raucht eine Zigarette nach der anderen und sehnt sich nach Robert. Sie hockt übermüdet, mit entzündeten Augen, überwach in Hullos Lehnstuhl und spricht mit den Jungen über Theater, Film und Weltall, über Gott und Nichtgott. Elli spricht am meisten von allen dreien ... sie sprechen vom Weltuntergang, sie freut sich geradezu auf ihn, sie sprechen von René Clair und Max Reinhardt, sie geben große gewichtige Urteile ab, sie sind erfüllt von Missionen und Besserwissen.

Hullo betont mehrmals, daß er gar nicht wußte, wie gescheit Elli eigentlich ist, klopft anerkennend ihren Rücken. Elli denkt ununterbrochen an Roberts Mund: sehr weich ist er, sehr schmal, sehr hart, und wild küßt er. Sie denkt an Roberts Hände.

Sie sprechen von Erinnerungen von Provinzengagements: Einmal in Leipzig, erzählt Herbert. Es ist eine lustige Geschichte mit einer Pointe, über die man lachen kann. »Meine Wirtin in München«, sagt Elli und sie beginnt dieser Wirtin nachzuäffen ... »in der Theaterschule in Wien«, erzählt sie weiter ... sprechen, um Gotteswillen, bloß sprechen. Irgendeinmal muß man aber doch nach Hause gehen. Sie geht mit Herbert eingehängt; Herbert ist jetzt ganz aufgeräumt, er erzählt weiter, er lacht, er freut sich.

»Schöne, herrliche Zeiten waren es«, schwärmt er wie ein alter Herr, der von der Jugendzeit phantasiert.

Elli kann nicht mehr sprechen. Sie hat keinen Wunsch mehr, sie hat keinen Willen mehr ... schlafen, denkt sie, aber auch das meint sie nicht ernsthaft. Sterben ... ihr fällt ein Gedicht ein, in dem es heißt: »Wenn ich jetzt sterbe, stirbt die ganze Welt«, und sie betet fromm und innig: »Laß mich nicht allein sterben, lieber Gott, laß die Welt untergehen ...«

Am nächsten Morgen, um acht Uhr früh, hört sie das Telephon läuten. Mit geschlossenen Augen und abgewandten Sinnen weiß sie: Das ist Robert.

»Bist du schon gesund?« fragt er. »Was hat dir denn gefehlt?«

»Ganz, ganz gesund bin ich schon ...«

»Na, dann können wir uns ja heute abend sehen ...«

Das ist mehr Glück, als sie erwartet hat. Heute abend, das ist ja nahe, das ist ja erreichbar.

»Hol’ mich ab«, schmeichelt sie.

Sie weiß, daß er sie ungern abholt, weil er das Zusammentreffen mit den Kollegen nach Möglichkeit vermeiden will, aber sie liebt ihn momentan so schrecklich, daß sie ihn um etwas bitten muß, um etwas Besonderes. Tu’ was für mich, heißt das. Sei gut zu mir, sei mein Freund.

»Dann sehen wir uns schon um eine halbe Stunde früher. Hol’ mich doch ab, ja, Guter?«

»Na, schön, ich hol’ dich ab, wenn dir soviel dran liegt.«

»Wir müssen durchhalten, damit wir im Sommer mit Ehren schließen, sonst können wir im Herbst nicht aufmachen«, sagt Hullo.

»Durchhalten, aber wie? Mit Einnahmen von fünfzig und sechzig Pfennig pro Tag?«

»Ich habe ein Engagement für dich«, verkündet Hullo eines Tages. Es klingt nicht sehr triumphierend. Das Wort Engagement hat einen zauberhaften, elektrisierenden Klang ... heute ist es farblos und stumpf.

Elli wacht nicht aus ihrer Lethargie auf.

»Was soll denn das sein? Engagement? Wo denn ...?«

»Das kleine Kaffeehaus in der Budapesterstraße. Die Sternenbar ... Es ist aber gar keine Bar. Kennst du es nicht? Die Mädchen sehen dort aus wie Knaben und die Knaben wie Mädchen ...«

»Mein Gott, wie kommst du denn auf diesen Laden?«

»Die Frau war heute bei mir. Sie will dich für jeden Sonntag und Sonnabend engagieren ...«

»Welche Gage?«

»Zehn Mark pro Abend.«

»Das sind in diesem Fall zwanzig Mark in der Woche. Klingt beinahe paradiesisch. Wann soll ich anfangen?«

»Morgen.«

»Morgen? Na, es ist gut.«

»Willst du's machen? Sehr angenehm wird ja das Arbeiten dort nicht sein.«

»Zwanzig Mark sind zwanzig Mark.«

»Finde ich auch.«

»Begleitest du mich morgen hin?«

»Gemacht.«

Zehn Mark für die Wirtin, überlegt Elli, zehn Mark Leben.

»Ja, aber, Hullo, weiß die Alte, daß ich erst nach Jazzschluß drüben sein kann?«

»Weiß sie. Um halb elf bist du dort.«

Sonnabend um halb elf! Elli durchfährt ein eisiger Schreck ... Sonnabend von nun an ohne Robert. Geldverdienen ist wichtiger!

Sehr fremd ist diese Umgebung. Geschminkte Männer, oder sind es Frauen in Männerkleidung? Heute abend große Kabaretteinlage, verkündet ein buntes Plakat. Blau und kitschig spannt sich der Sternenhimmel in gewölbtem Bogen, blau schimmern die Samtsessel, kleine und große silberne Sternchen überall, wo sie sich nur anbringen lassen, die Musik spielt hier besonders laut, keine Jazzband macht solchen Lärm wie diese hier. Die Paare drehen sich schmachtend in enger Umarmung auf dem kleinen Tanzparkett.

Alle Menschen scheinen hier einander zu kennen. Es herrscht eine Vertrautheit, wie sie sonst nur unter Schulkollegen üblich ist. In diesem gesteigerten Lärm, vor diesen zerfahrenen Menschen soll man arbeiten?

»Was wirst du sprechen?« fragt Hullo.

»Die uralte Liebesmelodie aus dem ersten Programm ...«

»Und was noch?«

»Ich weiß noch nicht.«

Es sieht so hoffnungslos aus, hier zu sitzen und zu warten, bis man ein Zeichen bekommt.

»Ulkig hier, wie?« fragt Hullo, es soll sehr munter klingen.

»Glaubst du, sind die hier wirklich alle so oder kommen sie sich nur interessant vor?«

»Tja, wer kann das wissen. Ich glaub', die wissen's selber kaum. Du mußt was essen, Ellichen, wirst wahrscheinlich noch die halbe Nacht hier sitzen.«

»Ach, du liebe Güte. Essen! Würstchen und immer wieder Würstchen mit Salat.«

»Sei doch nicht so trübsinnig, kleines Mädchen! Bis wir wieder einmal bei Kasse sind, gehen wir wieder auf ganz groß Abendbrot essen ... weißt du noch, wieviel Spaß wir damals hatten?«

Elli lächelt dankbar, in Erinnerung versunken. Sind wirklich erst paar Wochen seither vergangen? Alles war damals klar und wunderschön und heute sieht das Leben wieder ganz hoffnungslos und arm aus. Wenn man nur wenigstens schon wieder aus dieser Sternenbar draußen wäre und nach Hause gehen könnte.

»Ist ja alles nicht so schlimm«, lächelt ihr Hullo ermunternd zu.

Sie faßt nach seiner Hand, sie will irgend einen heimatlichen Schutz spüren, aber es gelingt ihr nicht, sich selbst von der Wahrheit seiner Worte zu überzeugen.

O, ihr ist schlimm, sehr schlimm zu Mute. Alles ist gut und schön, solange man denkt, dies und das ertrage ich um meiner Karriere, um meiner Zukunft willen; aber für zehn Mark??

Daß man wirklich niemanden hat, zu dem man im schlimmsten Fall laufen und sich an ihm festhalten kann. So ein elendes Bettlerdasein! Für zehn Mark in der Sternenbar sitzen, die ganze lange Nacht, von Hullo sich immer wieder helfen lassen, aus Mitleid und Freundschaft von Hoffmann sich die Haare streichen lassen; aus Menschenliebe und Mildtätigkeit drückt er ihre Hand, pumpt er zwanzig Mark, bei Robert deckt sie ihren Bedarf an Küssen und Zärtlichkeiten. Nach allen Seiten hin soll sie »Danke« sagen und Knixchen machen: o, ihr Lieben, ihr Guten, ihr Mildtätigen, wie seid ihr doch reizend und lieb, abgelegte Kleider und überflüssige Zärtlichkeiten, Trostworte, an die ihr selber nicht glaubt, ein bißchen Freundschaft, ein bißchen Gernehaben, ein bißchen Begehren, eine Kleinigkeit Verständnis, eine Prise Hilfsbereitschaft und Achselzucken: Was soll man machen? Dies alles für einen ganzen, für einen wirklichen Menschen!

Eine große, dicke Frau im Smoking kommt auf Elli zu und flüstert erregt auf sie ein: ob sie bereit ist, nach dem Tänzer zu arbeiten, ja? Der Tanz dauert ungefähr fünf Minuten, dann drei Minuten Pause, also in acht Minuten?

Gewiß, gewiß, sie ist mit allem einverstanden, also jetzt der Tänzer? Gut, gut!

»Bist du aufgeregt?« fragt Hullo.

»Ein bißchen.«

Gott sei Dank, jetzt ist es da, das Lampenfieber. Es kribbelt am ganzen Körper, zwickt im Magen, saust in den Ohren, brennt in den Händen, rattert im Herzen. Jetzt ist sie wieder am Leben. Aufmerksam starrt sie auf die Bühne, sie sieht Arme und Beine fliegen, einen Körper mit grüner Seide bespannt, ein wildes, ekstatisches Gesicht.

Der Tanz ist zu Ende. Sie hört applaudieren und applaudiert selbst.

Jetzt kommt das Quälendste: drei Minuten Pause vor ihrem Auftritt. Jetzt handelt es sich nicht mehr darum, die Sternenbar, eine fremde, ungemütliche Umgebung möglichst bald zu verlassen, jetzt handelt es sich wie immer darum, ganze Arbeit zu leisten, sein Bestes zu geben! Ob in der Sternenbar ... ob im Jazzkabarett, ob bei einem Engagement in Breslau oder bei Martin in der Volksbühne, fünf Minuten vor dem Auftritt sind fünf Minuten vor der großen Entscheidung um Sein oder Nichtsein.

»Siehst du, es war gar nicht so schlimm, schließlich sind die Leute ganz nett, und zu dir waren sie einfach entzückend. Mehr Applaus kann man doch nicht haben.«

Elli nickt schweigend und glückselig. Applaus ist Applaus! Gegen dieses Gefühl kann nichts auf der Welt ankämpfen.

»Morgen wirst du gar nicht mehr so ungern hingehen?« erkundigt sich Hullo vorsichtig.

»Ach wo, es war doch sehr nett!«

»Na, siehst du! Und dem Drachen gib erst morgen die zehn Mark und behalt' dir das heute verdiente Geld zum Fressen! Bist du jetzt bißchen vergnügter?«

Ja, vergnügter ist sie, aber bei dem Gedanken morgen abend allein, ohne Hullo, in die Sternenbar gehen zu müssen, hat sie dasselbe Gefühl, das sie als Kind hatte, wenn die Mutter sich bei der Schule verabschiedete und sie allein in die kalte Fremde gehen ließ.

Sonntag nachmittag bei Robert.

»Wollen wir ins Romanische gehen? Wollen wir ins Kino gehen?«

»Ja, nein, nein, ja ...«

Was soll sie antworten? Die Minuten kriechen träge dahin, das Zimmer scheint zu gähnen. Ein langweiliger, schrecklich fremder Mensch steht beim Bücherkasten, kramt in den Heften, seufzt vor Langweile. Robert, denkt Elli schläfrig, nun ja, Robert ...

»Komm, gehen wir ins Kaffeehaus, es ist zu öde hier ...«

Aber dann ist es beinahe ein undurchführbarer Entschluß, aufzustehen.

»Komm, Liebling, gehen wir ins Romanische ...«

Robert steht mit Ellis Mantel bewaffnet an der Tür und wartet verständnislos ab, bis sie die Lippen geschminkt und die Nase gepudert hat.

»Komm, Liebling!«

»Ja, gleich.«

Jetzt gähnen beide und lächeln sich dann verlegen an.

»Öder Sonntag«, murmelt Robert hilflos.

»Öder Sonntag«, wiederholt Elli gehorsam.

Auf der Straße freut sie sich dann aufs Kaffeehaus. Viel Zeitungen, denkt sie sehnsüchtig. Kaffee!!! Sie spürt wieder einmal in der Herzgrube, wie dringend sie Kaffee braucht. Die Straße ist kalt und regnerisch. In der Drehtüre schlägt ihr beruhigend die warme, rauchige Luft entgegen. Hier ist Heimat! Nicht bei Robert in der Bayreutherstraße 3, zwei Treppen hoch, nicht bei Frau Müller, Suarezstraße 12, RM. 40 monatlich ... Einzig und allein Kaffeehaus ist Heimat, und abends eine kleine, schmierige Garderobe, die nach Fettschminke und Gasthausküche riecht. Solange man dies noch hat, ist das Leben lebenswert, aber wenn man abends nicht diese Garderobe aufsuchen kann mit der üblichen Frage: Wie sind die Leute? … wenn man untertags nicht die sechzig Pfennig fürs Kaffeehaus besitzt, dann geht das Martyrium der Einsamkeit erst an.

»Na, da hast du ein paar Wiener Zeitungen!« sagt Robert gönnerhaft und dann sitzen sie beisammen. Das bekannte Bild: ein Liebespaar, das im Kaffeehaus Zeitungen liest. Es sieht so friedlich aus, dieses Inselchen: Ein Ecktisch, ein Mann, eine Frau, zwei Tassen Kaffee … ein Stoß Zeitungen.

Robert studiert aufmerksam sämtliche Leitartikel und murmelt von Zeit zu Zeit: »Zum Kotzen!«

Elli liest den Theaterteil und sagt: »Lubitsch filmt in Paris … schon wieder eine Theaterpleite … wie wird das ausgehen?«

Sie hören einander nicht zu. Sie sitzen nur zufällig nebeneinander. Elli stößt einen kleinen, kicksenden Schrei aus, Robert fährt von seiner Genfer Konferenz in die Höhe:

»Was ist denn los?«

»König gastiert im Herbst in Wien mit einem Shakespearezyklus …«

»Ja, und … ?«

»In Wien! Denke bloß: in Wien! Er soll mich mitnehmen ...«

»Nun, so sag es ihm doch«

»Ja, wenn das so einfach wäre!«

Elli sieht sich verstört um und kann mit einemmal ihre Anwesenheit hier nicht fassen.Wieso ist sie in

Berlin? … Wieso im Romanischen Café … sie blickt auf Robert … und wieso neben diesem Mann?

»Es ist Zeit für's Kabarett«, sagt sie plötzlich wie erlöst von einem schweren Traum.

»Soll ich dich hinbringen?« fragt Robert zögernd und läßt sich bald davon überzeugen, daß sie die paar Schritte auch allein gehen kann.

Es sind wirklich nur ein paar Schritte, aber Elli rennt in wildem Tempo, sie hat Sehnsucht nach den Kollegen, nach Hullo, nach Suse. »Zu denen gehör' ich«, sagt sie laut. In wilden Sprüngen nimmt sie die paar Stufen und reißt, glückselig über ihre Ankunft, die Türe auf:

»'Tag, Kinder!«

»'Tag, Kleine!«

Es riecht nach Fettschminke und Gasthausküche …

Suse steht im Trikot vor dem Spiegel und schminkt sich … Gott sei Dank, daß man endlich hier ist!

Suse und Elli liegen in Eichkamp auf einer Wiese, sie haben ihr Gesicht und ihre Beine eingefettet und verharren in stummer Sonnenanbetung.

Manchmal sagt eine: »Diese herrliche Hitze!« Dann sagt die andere: »Ja!«, und dann ist es wieder still.

Elli träumt davon, braun, ganz braun zu werden … so wie damals nach Lovrana … ein buntes Georgettekleid müßte gleichzeitig mit diesem braunen Teint vom Himmel geflogen kommen … Ich muß doch abends wieder Hoffmann aufsuchen und fragen, was ich mit diesen Filmfatzken machen soll, der ewig nicht zu erreichen ist, so geht das nicht weiter ...

»Heute abend wird wieder kein Mensch ins ›Jazz‹ kommen, wir müssen bald schließen. Die Hitze richtet uns zu Grunde. Wie ist es denn Samstag, Sonntag in der Sternenbar?«

»Die Sternenbar ist immer bummvoll«, murmelt Elli. Sie will weiterträumen.

Gut aussehen und wieder einmal jemandem gefallen. Ist ja alles Unsinn, die Angst vor dem Altwerden … »Schon neunzehn Jahre? Sie wirken bedeutend jünger«, hört sie Dr. König sagen.

»Komm jetzt in den Schatten, du kriegst einen Sonnenstich ...«

»Ich vertrage Hitze sehr gut«, will Elli einwenden, aber Suse weiß es besser.

»Ich habe so gefroren den ganzen Winter, ich bin krank vor Sehnsucht nach Sonne«, jammert Elli weiter, aber sie ist schon aufgestanden und folgt Suse in den Schatten.

»Gefroren hast du? Ich denke, du hast mit Zentralheizung gemietet?«

»Trotzdem!«

»Naja, die ewige Nichtesserei … du bist ganz rot, Indianer. Noch ’ne halbe Stunde und du hast den schönsten Sonnenbrand.«

Elli lächelt schuldbewußt und streckt sich wieder neben Suse nieder, aber mit dem Träumen ist es vorbei. Wenn man im Schatten liegt, hat das Stillesein keinen Zweck.

»Wir wollen bißchen turnen«, ruft Suse energisch, »wird dir sehr gut tun!«

»Ich habe keine Lust«, widerspricht Elli vollkommen erfolglos. Sie ist schon aufgestanden und wirft nach Suses Angaben ihre mageren Mädchenarme in die Luft … beugt im Takt den Oberkörper nach vorne … rückwärts nach links … radelt verzweifelt mit den Beinen ... In der Sonne liegen und träumen war viel schöner.

»Sehr gut!« lobt Suse. »Du faules Biest, du, das werden wir von nun an öfter machen. Zur Belohnung kriegst du heute bei mir Abendbrot, neue Kartoffeln mit saurer Sahne.«

»Heurige Erdäpfel mit sauerer Milch«, schreit Elli in einem Wahnsinnsanfall von Heimweh, aber Suse hat bloß ein mildes Lächeln für diesen Unfug übrig.

Das Abendbrot schmeckt wunderbar. Suse strahlt über Ellis Lob, obwohl diese die ganze Zeit störrisch behauptet, daß das Abendbrot »Nachtmahl« heißt.

»Iß nur genug«, sagt sie mütterlich. »Kinder, die noch verlangen, bekommen eine Zigarette.«

»Ich muß heute noch ’nen Sprung zu Hoffmann machen, ich war seit Wochen nicht bei ihm.«

Suse nickt. Suse ist immer einverstanden damit, daß etwas geschieht, daß man Wege hat und die Mitwelt in Bewegung setzt. Sie holt die Zeitung, um nachzulesen, wann das Theater beginnt.

»Hoffmann spielt gar nicht!« sagt sie enttäuscht. »Er steht nicht auf dem Zettel.«

Hoffmann spielt nicht. Damit hat Elli nicht gerechnet.

»Rufe bei ihm zu Hause an … vielleicht erreichst du ihn jetzt.«

Es ist gut, daß Suse hier ist … Elli muß daher gleich anrufen, sie kann es nicht hinausschieben und sie kann sich nicht einreden, daß es günstiger ist, ihn morgen vormittag anzurufen. Sie steht also auf und geht schnurstracks zum Telephon. Sie tut es so ungern, sie leidet jedesmal Folterqualen, aber Suse ist im Zimmer und Suse läßt in diesen Dingen nicht mit sich spaßen.

Der Diener ist am Telephon. Sie verlangt Herrn Hoffmann persönlich zu sprechen und nennt selbstbewußt ihren Namen, vollkommen erwachsen, wie sie es innerlich nennt.

»Herr Hoffmann ist in Wien.«

Hoffmann ist in Wien!!!!

»Wissen sie nicht, wann er wiederkommt?« Sie fragt es nur, weil Suse sie erschlagen würde, wenn sie es unterließe. Ihr selbst ist es ganz gleichgültig, sie weiß: jetzt müßte er h i e r sein … heute abend. Was in vier Wochen sein wird, ist uninteressant. In vier Wochen kann man tot sein oder berühmt!

»Es ist noch ganz unbestimmt … So, so. Kann ich seine Adresse haben?«

Sie bemüht sich verzweifelt, Suses Zufriedenheit zu erlangen, die auch anerkennend nickt. Ihr selbst ist Hoffmanns Adresse vollkommen gleichgültig.

Einem Hoffmann kann man keine Briefe schreiben, zu Hoffmann muß man gehen, man muß leibhaftig vor ihm stehen. Briefe kann er nicht lesen. »Lieber und verehrter Herr Hoffmann,« formuliert sie im Stillen ... »es hat mir so leid getan, daß ich sie nicht sprechen konnte. Ich habe so viel auf dem Herzen …«

Vollkommen zwecklos!

»Danke schön, danke vielmals!« sagt sie jetzt und legt den Hörer auf die Gabel.

»Nun?« fragt Suse.

»Wien, Deutsches Volkstheater«, berichtet sie artig und setzt gleich hastig hinzu: »Ich werde ihm morgen einen netten Brief schreiben.«

»Tu' das! Aber wieso wir das alle in den Zeitungen übersehen haben, daß Hoffmann in Wien gastiert?«

»Ich verstehe es auch nicht«, sagt Elli abwesend.

»Ich habe bloß die Notiz vom Doktor König gelesen und der gastiert doch erst im Herbst ... Ich habe Heimweh«, sagt sie nach einer Weile. »Ich habe Heimweh nach Wien!«

Sie spürt, daß sie gleich weinen möchte, und sie wundert sich darüber.

»Ich merke das schon lange. Du hast Heimweh, weil es dir schlecht geht. Wenn es dir gut ginge, hättest du kein Heimweh.«

Elli nickt. Suse hat recht. Sie hat Heimweh nach Kindheit, nach bißchen Gut-gehen, nach Glückhaben, nach Täglich-satt-sein, nach Henrik, nach Hanna! All dies müßte vielleicht gar nicht Wien heißen, all dies könnte es vielleicht auch in einer anderen Stadt geben.

»Ich hatte früher auch oft Heimweh nach Breslau«, sagt Suse leise und faßt behutsam Ellis Hand.

»Seit ich Richard habe, ist es besser.«

Ja, das mag wohl stimmen, wenn man einen Richard hat, ist es besser!

»Ich muß es dir sagen, so schwer es mir auch fällt, ich muß es dir endlich sagen: Ich habe dich betrogen!«

Es klingt ein bißchen pathetisch und Elli findet, daß Robert reichlich dämlich aussieht bei diesen Worten.

Warum m u ß er es mir sagen, überlegt sie, warum muß ich es wissen? Er hat ein Mädchen hier gehabt und er hat es geküßt. Dann hat sie mein Bild auf dem Schreibtisch gesehen und hat gefragt: Wer ist das? Vielleicht hat er darauf geantwortet: Meine Verflossene, wie gefällt sie dir? Männer wollen ja immer wissen, wie uns die Frühere gefällt, und sie hat voll Falschheit geantwortet: Reizend! Warum muß er es mir also sagen, ich müßte es doch wirklich nicht wissen.

»Es ist eine große Schweinerei!«, sagt sie laut. Sie weiß selbst genau, was die große Schweinerei ist, jedenfalls nicht die Tatsache, daß er ein anderes Mädchen geküßt hat.

Robert zuckt ein bißchen zusammen und macht eine betretenes Gesicht. Die große Szene ist ihm verdorben und er kann nicht weiter.

»Hast du die andere jetzt lieber als mich?« fragt Elli streng.

»Was fällt dir ein? Ich habe sie überhaupt nicht lieb! Sie war ein Abenteuer, ein Mann braucht manchesmal ein Abenteuer«, setzt er überlegen hinzu.

Elli erschrickt. Sie wird blutrot und schämt sich. Er ist ein dummer Junge, weiß sie auf einmal ganz genau und diese Erkenntnis macht sie schrecklich unglücklich. Wie konnte sie jemals glauben, daß Robert ein Mann ist und daß sie ihn geliebt hat? Blitzartig tauchen in ihrer Erinnerung Momente auf, in denen sie sich schon für Robert schämen mußte. – Ich bin ja viel mehr wert als er, denkt sie zornig. Sie legt beide Hände vors Gesicht, um sich einzuschließen. Robert mißversteht diese Bewegung und sagt hilflos:

»Ich weiß, ich hätte dir das nicht antun dürfen. Ich bin deiner gar nicht wert.«

An all dem ist dieses Elend schuld und dieses Alleinsein. Man wird ganz wehrlos und krank davon. Robert ist mir passiert, so wie einem anderen ein Ziegelstein auf den Kopf fällt oder wie man sich den Fuß bricht. Elli stöhnt bei diesem Gedanken so laut und schmerzlich auf, daß Robert erschrocken zu ihr eilt. Er sucht in seinem Vokabelschatz nach einem passenden Zitat für diese Situation und hat schließlich ein: »Kannst du mir verzeihen?« gefunden.

Elli rückt verlegen von ihm ab. Wenn er bloß still wäre, wenn er bloß seine Hände zu sich nehmen würde, diese fremden, dummen Hände. Sie schüttelt seine Hände verzweifelt ab und will aufstehen, er hält sie zurück und zieht sie zu sich, er hat die stärkeren Arme.

»Du mußt mir verzeihen!«

Das Pathos dieser Worte zerflattert klanglos.

»Wir haben uns nicht mehr lieb«, ruft Elli verzweifelt. »Wir haben uns schon lange nicht mehr lieb.«

Es ist so schlimm, was sie da sagt, daß aus dem pathetischen kleinen Buben ein trauriger beschämter Mensch wird. Nach diesen Worten ist es sehr still geworden, denn was sollen zwei Menschen sprechen, die gemeinsam den Tod ihrer Liebe beklagen müßten?

»Ich bin durchaus nicht böse über Ihren Anruf«, sagt Dr. König sehr liebenswürdig am Telephon, »ich kann Ihnen bloß leider momentan gar nichts sagen ... Ich stehe selber vor meiner Abreise ... habe noch gräßlich viel Arbeit ... warten Sie doch bitte einen Moment ... einen Moment, vielleicht fällt mir etwas ein ...«

Elli wartet zähneklappernd, sie weiß, daß ihm nichts einfallen wird, aber sie betet: Lieber Gott, tu' ein Wunder, tu' ein Wunder, laß ihn jetzt strahlend ins Telefon brüllen: Hallo, Kleine; ich habe eine blendende Idee ...!

Es geschieht kein Wunder. Dr. König seufzt tief auf:

»Es ist momentan zu schwer. Ich kann Ihnen nur raten, mit meiner Empfehlung auf alle Fälle mal nach Neubabelsberg zu fahren ... man kann ja nie wissen ... vielleicht erreichen Sie irgend jemanden ... nicht wahr?«

O, doch, man kann wissen. Alles weiß man, aber Elli sagt gehorsam:

»Ja, das ist wahr, man kann nie wissen ...«

»Und wenn Sie im Herbst hören, daß ich wieder hier bin, melden Sie sich doch, bitte, ganz ohne Scham und Scheu bei mir. Ich würde Ihnen wirklich gerne helfen, weil ich Sie tatsächlich für begabt halte ...«

»O, ich danke Ihnen«, ruft Elli freudig.

Sie hat das schon ein dutzendmal so gerufen, sie hat das dankbare Aufjuchzen, das für diese Situation vorgeschrieben ist, gleich in der Kehle. Sie verabschiedet sich artig und siegessicher am Telephon, sie verkleidet, wie verlangt, ihr Elend mit Charme und Anmut, sie hinterläßt guten Eindruck und geht todmüde in ihr Zimmer.

Man sollte diesen Leuten, die da sagen, daß man begabt ist, nicht »Danke« sagen, man sollte sie totschlagen. Es ist, als ob sie uns auf die Schulter klopfen würden: Sie sind zwar zum Tode verurteilt, mein Kind, aber weiß Gott, Sie hätten Talent gehabt, am Leben zu bleiben!

Ich werde also morgen nach Neubabelsberg fahren, denkt Elli angestrengt. Sie fürchtet sich namenlos davor, aber sie zwingt sich, daran zu glauben, daß es einen Zweck hat. Dann fällt ihr ein, daß sie ja gar kein Fahrgeld hat, und der Gedanke beruhigt sie ein wenig. Sie muß also erst mal Fahrgeld pumpen: bei Hullo, bei Suse, vielleicht bei Herbert. Sie kann also frühestens übermorgen fahren.

Die Paare in der Sternenbar drehen sich immer in demselben verzauberten Rhythmus. Es sieht aus, als wenn diese Leute von Woche zu Woche hier durchtanzen würden, als könne es ein Untertags gar nicht geben, als bestünde ihr Leben aus Sternenbar von zehn Uhr abends an bis drei Uhr morgens. Maria, die in der Sternenbar dazu engagiert ist, um mit den Gästen zu tanzen oder an ihren Tischen zu sitzen und ihnen Trost oder Mut zuzulächeln, bleibt bei Ellis Tisch stehen und fragt: »Darf ich Ihnen etwas zum Essen bringen?«

Maria ist eine Frau von unbestimmtem Alter, sie kann fünfundzwanzig oder fünfunddreißig Jahre alt sein, sie sieht ebenso unwirklich aus wie ihre Umgebung, sie ist unwahrscheinlich blond und von zehn Uhr abends bis drei Uhr morgens unwahrscheinlich schön, aber kein Mensch kann sich vorstellen, wie Maria die übrige Zeit ihres Lebens aussieht. Elli hat Vertrauen zu Maria, weil sie schön ist und weil sie so sanft lächelt und weil ihre grauen Augen manchesmal an Hedwig gemahnen. Der Gedanke an Hedwig schmerzt mit unverminderter Heftigkeit, aber es ist trotzdem ein süßes Gefühl, an sie erinnert zu werden, wenn man auch weiß, daß sie durch nichts und niemanden zu ersetzen ist. Sie lächelt also zu Maria auf und sagt: »Ja, bitte schön, wenn es Ihnen nicht zu viel Mühe bereitet.«

Manchesmal, wenn Maria Zeit hat, kommt sie zu

Elli und bleibt einige Minuten bei ihr sitzen und lächelt in ihrer unwirklichen Art und spricht vorsichtig einige Worte. Einmal sagt sie: »Ich würde mich gerne einmal ausführlicher mit Ihnen unterhalten!« Aber da erschrickt sie über ihre Worte und geht eilig fort. Sie tanzt auch mit den Gästen. Meistens ist sie etwas größer als die Mädchen, von denen sie im Arme gehalten wird, aber sie schwebt mit zurückgebeugtem Körper über das Parkett und bringt das Kunststück fertig, hinaufzulächeln.

»Heute ist keine Stimmung für Kabaretteinlagen, die Leute wollen bloß immer tanzen.«

»O«, sagt Ellli bedauernd. Aber sie würde es als Erleichterung empfinden, heute ohne Arbeit ihre zehn Mark zu verdienen. Sie ist müde und schläfrig.

»Würden sie nicht gern einmal mit mir tanzen?«

Elli tanzt gerne, sie hat auch schon oft mit Freundinnen getanzt; wenn bei improvisierten Unterhaltungen Herrenmangel war, riefen die Mädchen: Kannst du führen? Und dann faßten sie einander um die Hüften und wirbelten durchs Zimmer, bis sie schließlich einander auf die Füße traten und sich atemlos losließen, um es nach einer Weile nochmals lachend zu versuchen.

Heute ist das anders. Elli geniert sich ein bißchen, sie versucht mit einem schüchternen: »Aber, ich tanze sehr schlecht!« loszukommen.

»Ich führe«, sagt Maria einfach und nimmt Elli in die Arme.

Elli gleitet über das Parkett und vergißt ihre Verlegenheit, sie vergißt die störenden Blicke, die sie erkennend und neugierig mustern. Sie vergißt dies alles in dem Glücksgefühl, wieder einmal tanzen zu dürfen. Sie kostet schwindelnd den Rhythmus des English-Waltz aus, sie tanzt aufmerksam und ernsthaft, ein kleines Mädchen, das viel zu früh auf die Freuden der Tanzschule verzichten mußte, um es mit dem Ernst des Lebens aufzunehmen.

»War es schön?« fragt Maria stehenbleibend. Es klingt, als wenn sie gefragt hätte: Warst du glücklich?

Die Musik setzt ein und Maria legt mit selbstverständlicher Gebärde den Arm um Elli. Elli spürt, daß sie mit einer Frau tanzt. Maria tanzt jetzt sehr nahe, es riecht nach Frauenhaar, nach französischem Parfüm und tausend Kleinigkeiten, die die Atmosphäre einer gepflegten Frau ausmachen.

»Wie klein du bist, unwahrscheinlich klein«, hört sie Maria sagen.

Sie spürt dieses Du mit zitterndem Erschrecken, und erstaunt über ihre eigene Widerstandslosigkeit, läßt sie sich an Maria drücken.

Ich bin so allein, denkt sie und spürt dankbar die Nähe eines zärtlichen Menschen. Alle Frauen sind so allein, auch Hedwig war allein, auch Maria ist allein. Wir müssen gut sein zueinander … und sie lächelt zu Maria auf.

»Hab doch Vertrauen zu mir«, hört sie Maria sagen.

»Ich bin so allein.« Elli sagt es laut. Ihre Worte sind an das Schicksal gerichtet und das macht ihre Stimme böse.

»Jetzt nicht mehr«, lächelt Maria.

Die Musik hört auf und zwingt die beiden, stehenzubleiben. Elli erwacht und erkennt ihre Umgebung, erkennt Maria und denkt wieder fassungslos: Warum bin ich so allein?

»Ich werde jetzt heimgehen«, sagt sie mit der artigen Stimme eines kleinen Mädchens. Es klingt so, als ob sie hinzufügen müßte: Danke für den guten Kuchen.

»Ich bin müde«, setzt sie erklärend hinzu.

»Gute Nacht«, sagt Maria. Sie lächelt auch jetzt.

»Gute Nacht …«

Nach ihrem erfolglosen Ausflug nach Neubabelsberg ist gerade noch so viel Zeit, um ein bißchen auf dem Sofa zu dösen.

Es ist Post gekommen. Sie betrachtet aufmerksam die Schrift auf dieser Adresse, die ihr gleichzeitig bekannt und unheimlich fremd ist, und zögernd öffnet sie den Umschlag. Es ist ein kurzer Brief, der mit den Worten: »Liebes, gutes Ellichen« beginnt und die Unterschrift Roberts trägt.

Elli legt den Brief weg und beginnt sich langsam und ein wenig umständlich auszuziehen, sie entfernt besonders sorgfältig mit Creme und Gesichtswasser die Schminke vom Gesicht, bereitet hierauf stirnrunzelnd ein Bad, prüft andächtig die Temperatur des Wassers ... Es saust ein bißchen in den Ohren, die Gedanken laufen wirr durcheinander ... Suse ... Neubabelsberg ... Das Bad wird jetzt schön sein ... Sie greift nach einer Zigarette und lobt deren

Wohlgeschmack ganz sinnloser Weise mit lauter Stimme. Sie geht vom Zimmer in die Badestube und von dort wieder zurück, sie legt Bürste und Kamm auf den Toilettentisch und dann beides wieder in die Lade. Sie setzt sich vollkommen erschöpft nieder und sagt verlegen: Wovon bin ich bloß so müde? Sie legt tröstend ihre Hände vors Gesicht und spürt feuchte, brennende Flüssigkeit in kleinen, unentwegten Bächen. Ich weine ja, denkt sie fassungslos, ich weine ja.

Dr. Popper ist wieder aufgetaucht. Er sitzt unter den zwölfeinhalb einsamen Gästen und applaudiert jedesmal, sooft Elli auf die Bühne kommt, wie besessen. Er sitzt vergnügt, breit, glatzköpfig und spitzbäuchig in der ersten Reihe, hat Rosen mitgebracht, hat Wein bestellt und ist der gutsituierte Mann, der sein Auto vor dem Theater parken läßt. Suse ist wieder einmal begeistert von ihm: er sieht so verläßlich aus!

»Ellichen, mit einem Schlag könnte doch alles anders sein, nimm endlich Vernunft an!«

Elli versucht es mit Flucht in die Moral.

»Aber, Suse, er ist doch verheiratet!«

»Na, ich denke, du liebst ihn nicht?«

»Nein, wahrhaftig, das tue ich wirklich nicht!«

»Na, also, bei einem ungeliebten Mann kann dich doch die legitime Gattin wirklich gar nicht genieren!«

»Im Gegenteil, bei einem geliebten Mann ist alles egal, ob er verheiratet ist, ob er ein Mörder ist oder ein Trinker. Man liebt ihn eben! Aber der ungeliebte Mann muß tipptopp sein!«

Darauf reagierte Suse nicht! In ihr sind alle Kupplerinstinkte wach, sie will partout Ellis Glück, und auch die netteste und vernünftigste Frau wird in diesen Minuten zur reißenden Bestie!

Elli steht auf der Bühne und versucht krampfhaft, Dr. Popper, der dick und vergnügt in der ersten Reihe sitzt, zu vergessen.

›Ich möcht' ein Luder sein
Und ordinär sein,
Sag', Liebling, wärst du mir dann
Endlich treu?‹

Die zwölfeinhalb Gäste sind ausnehmend brav, es sind vier Freikarten darunter, die von Beginn der Vorstellung an für Stimmung gesorgt haben und keine Pointe untergehen lassen.

›Ich möchte siebzehn sein
Und eine Jungfrau sein
Und furchtbar schüchtern,
Wie ein Reh so scheu.‹

Ach, ist das schön, auf der Bühne zu stehen und nichts als die kleine, unvernünftige Elli zu sein. Wo sind in solchen Momenten Sorgen um die Miete … Angst vor dem Leben?

›Ich möchte gut sein und möchte klug sein,
Ich möcht’ dein Kind sein
Und deine Mutter sein,
Dein Ein und Alles auf der Welt!‹

Einige Minuten dauert die gehobene Stimmung an, in die sie durch den Applaus versetzt wird, aber als Suse in drohendem Ton sagt: »Doktor Popper hat uns bitten lassen, den Abend in seiner Gesellschaft zu verbringen … wir haben zugesagt!«, ist der ganze Berg drückender Sorgen wieder da.

Dr. Popper lädt mit Cäsarengeste das Trüppchen ein, in seinem Wagen Platz zu nehmen, und fragt forsch: »Wohin, meine Herrschaften?«

»Irgendwohin trinken!« schlägt Suse vor.

»Na, wenn die nicht an Säuferwahnsinn zu Grunde geht, dann weiß ich auch nicht ...« murmelt Hullo unzufrieden. Er ist ebenso schlechter Laune wie Elli und wäre am liebsten nach Hause gefahren. Elli hält ununterbrochen seine Hand fest und betet, daß der Abend vorübergehen möge.

Aber dieser Abend dauert tausend Jahre, dieser Abend an Dr. Poppers Seite:

»Ich habe doch immer gehofft, daß Sie einmal anrufen werden ...«

»Ich hatte so schrecklich viel Arbeit«, murmelt Elli hilflos und versucht vergeblich, ihre Hand aus der seinen zu ziehen. Diese fleischige, fremde Hand, die ununterbrochen behaglich ihre Finger umklammert.

»Na, also, erzählen Sie mir was!«

Elli stupst verzweifelt Hullo, der düster in sein Weinglas starrt.

»Kümmere dich doch um mich, du Idiot!« flüstert sie, aber Männer verstehen ja nie, was los ist, und so starrt Hullo verständnislos in Ellis verzweifeltes Gesicht.

»Wollen wir nicht tanzen ...? Wollen Sie nicht noch etwas essen … Was wollen wir jetzt trinken … ?« so schleppt sich diese endlose Nacht hin; Dr. Popper weicht um keinen Preis von Ellis Seite und will immer näher rücken.

Suses Gesicht wird immer strafender:

»Hungern ist also besser?« fragt sie beinahe feindselig.

»Er ist doch ganz nett.«

»Er ist so fremd.«

»Aus dir wird nie etwas ...«

»Vielleicht …«

Endlich ist es vier Uhr morgens geworden und man darf vom Müde-sein sprechen. Niemand hat etwas gegen das Nach-Hause-gehen einzuwenden.

»Du bringst mich nach Hause, Hullo … ich erschlage dich, wenn du mich mit dem Mann allein läßt.«

»Nanu ... ach so, nein so etwas!« Langsam beginnt sogar Hullo zu begreifen und drückt mitleidig Ellis Arm.

»Nein, nein, mein Kleines, ich bringe dich schon nach Hause ...«

»Wann rufen Sie mich an?« fragt Dr. Popper, der die Hoffnung noch immer nicht aufgegeben hat …

»Morgen«, murmelt Elli hoffnungslos.

Das Auto rast durch den dämmernden Morgen, sie sitzt ängstlich neben Hullo, der drohend Dr. Poppers Rücken betrachtet.

»Wie alt sind Sie?« will dieser noch rasch wissen.

»Wie alt?« fragt Elli überrascht, »wie alt ich bin? Ich weiß es wirklich nicht.«

Sie hört das Gelächter der beiden Männer nicht und denkt: Wie alt? ... neunzehn ... »Sie wirken bedeutend jünger ...« »Heute siehst du wie fünfzehn aus ... neunzehn ... das mußt du nie zugeben ...« Und sie betrachtet Dr. Poppers fremdes Gesicht: Mit einem Schlag könnte alles anders sein ...

»Hundert Jahre bin ich alt, mindestens hundert Jahre ...«

»Sie hat einen Schwips«, hört sie die Männer lachen ...

Sechstes Kapitel

»Was ist denn los mit euch? Wie sitzt ihr denn alle hier?«

»Wir sperren das ›Jazz‹ ein bißchen zu, bis jetzt sind zwei Gäste gekommen, die werden wir nach Hause schicken und dann sperren wir bis Herbst zu. Im Herbst machen wir wieder auf.«

»Natürlich«, sagt Elli und denkt: Schon wieder einmal vergeblich geliebt! Ab heute kein »Jazz« mehr, alles vergeblich, so viel Liebe, so viel Arbeit. Jetzt habe ich aber endlich genug. Ich will weglaufen von diesem Leben.

»Ellenmädchen,« sagt Hullo, »es geschieht schon wieder ein Wunder. Ich laß dich doch nicht verhungern!«

Hullo hat Tränen in den Augen. Es ist klar ... Hullo hat sie lieb und sie will ihn auch lieb haben, ja, sie will! Sie nimmt es sich einfach vor, es wird schon gehen. Und sie lächelt tapfer zu Hullo auf:

»Klar, du läßt mich nicht verhungern!«

Hullo ist klein und untersetzt, hat einen wilden, schwarzen Bubenschopf, hat kurze, grobe Finger ... und die anderen, so groß, so blond und schön, wie sie waren, haben nichts als Unglück gebracht ... daher: die Rechnung ist sehr einfach, sie muß glatt ausgehen. Vielleicht ist dies endlich das, was Suse und die anderen alle immer »Vernünftig-sein« nennen? Also von heute an wird man eben vernünftig sein.

Herbert und Suse sitzen beisammen. Richard klimpert trübselig auf dem Klavier.

»Wo ist denn Lola?«

»Lola haben wir angerufen, sie braucht heute nicht mehr zu kommen.«

»Also, dann los, Hullo, schmeiß die zwei einsamen Gäste 'raus, die fürchten sich sonst.«

»Ich, immer ich ...«

Suse steht energisch auf und versucht durch einige wilde Tanzschritte ihren Unmut loszuwerden:

»Klar,« schreit sie, »wer denn sonst, wenn nicht du. Vielleicht einer von uns unbegabten Nichtskönnern soll das übernehmen? Geh' doch los und sei auch schon wieder da. Wir gehen dann alle zu uns, dieser Abschied muß begossen werden!«

Ja, das ist recht! Bloß nicht zurück in die einsamen vier Wände, in denen man so hoffnungslos allein ist. Laßt uns tun, als ob wir trotz allem froh und munter wären ... wir wollen bei Suse trinken ... Grammophon spielen, tanzen, und uns in Hullo verlieben! Ein neues Leben anfangen! Vernünftig sein!

»Ja, Hullo, ja, gehen wir heute noch trinken ...«

Elli hängt begeistert an Hullos Hals.

»Gut, Kinder! Auf, laßt uns heiter sein. Das muntere Bühnenvölkchen geht nicht unter!«

Elli lacht, lacht möglichst laut und schallend ... o, wenn doch alle mitlachen würden ... es ist doch so wichtig, vergnügt zu sein. Hullo macht Witze, Suse soll tanzen ... wir haben schon wieder mal Fiasko erlitten in unserem Leben ... alles vergeblich, alles vergeblich ... aber wir machen uns nichts daraus, wir sind voll Zuversicht!

»Na, also, das wäre geschafft!« sagt Hullo zurückkehrend. »Die beiden einsamen Störenfriede sind draußen, jetzt sind wir wenigstens unter uns. Morgen male ich ein treffliches Plakat: Sommerferien! Im Herbst, wenn die Schwalben südwärts ziehen, kommen wir wieder!«

Suse schüttelt mißbilligend den Kopf: »Er bringt's fertig und schreibt den Blödsinn wirklich hin!«

Elli ist sehr dafür, daß das Plakat wirklich so geschrieben wird, Elli findet diesen Text schön, sie hängt sich begeistert an Hullo, um mit ihm einen noch größeren Unsinn auszuknobeln!

Bis Suses Atelierwohnung in der Kleiststraße ist es, Gott sei Dank, nicht weit, man kann zu Fuß gehen und das Fahrgeld für nützliche Dinge anlegen.

»Was brauchen wir denn alles?«

Suse fällt nur der Alkohol ein, aber Elli ist auch für eßbare Sachen! Elli schwärmt von Cremeschnitten und Mohrenköpfen, aber auch Gurken und Wurst nimmt sie willig in ihr Repertoire auf ... wieviel Geld bis zum nächsten Tag bleibt, ist alles restlos egal!!! Der Einkauf um acht Uhr abends ist schwierig, aber für Hullo gibt es ja bekanntlich keine Hindernisse.

Suse steht hausfraulich in der Küche und hantiert mit heißem Wasser, viel Geschirr und wenig Eßwaren.

»Elli, du mahlst den Kaffee ... Herbert, du kannst den Tisch richten ... wasch die Gläser aus ...«, so dirigiert Suse vom Herd aus ... Es ist bereits ein Höllenlärm. Elli ist restlos überzeugt, daß es ein wunderbarer, vergnügter Abend ist, an dem sie nur Grund zu guter Laune hat. Nur dazu!

»Wo hast du Zusatzkaffee? Nein, laß mich, ich mache mich so gerne wichtig ... Suse, weißt du, daß wir heute ein doppeltes Abschiedsfest feiern? Mit Robert ist es aus!«

Sehr gut hat man das eben gesagt! So nebenbei, wie eine vernünftige Frau eben von diesen Dingen spricht: Der Strumpf hat eine Laufmasche, die Seidenbluse ist zerrissen ... mit Robert ist es aus! Gar nichts anderes, wenn man es richtig überlegt!

»Freust du dich nicht, Suse? Du hast ihn doch nie leiden können?«

Suse schneidet sehr beschäftigt ihre Bratkartoffeln und macht ein ernsthaftes Gesicht:

»Ach, Indianermädchen, bißchen viel Unannehmlichkeiten so plötzlich für dich ...?«

»Ja, bißchen viel, es ist wahr ...«

Aber jetzt ist man doch auf dem besten Weg, vernünftig zu werden, daher ist es sehr leicht, verständig zu sagen:

»Na, um Robert ist es doch wahrhaftig nicht schade ...«

Verflucht nochmal, jetzt hat man sich vor lauter Vernunft mit dem heißen Wasser verbrannt ...

»Aua, das tut aber verdammt weh!«

Suse ist sofort da und besieht mütterlich den

Schaden: »Ungeschicktes Frauenzimmer, das nächstemal wirst du dir die Hand abschneiden beim Kaffeekochen! Na, so heul doch schon los, dann wird dir besser!« Elli hat den Kopf an Suses Schulter, heult ein bißchen, lacht ein bißchen, sagt: »Ich Rindvieh!« und freut sich, daß sie getröstet wird.

»Hullo, Hullo, komm doch mal 'ran. Elli hat sich die Hand verbrüht!«

»Ich sage ja immer, man soll die Weiber nicht zu den Kochgeräten lassen! Läppisches Volk! Zeig her die verbrannte Rechte, mein Großvater war Augenarzt, ich verstehe etwas von Medizin!«

»Nimm die Elli ins Zimmer 'rein. Ich bringe gleich das Abendbrot, und paß auf, daß sie sich nicht vielleicht den Fuß verstaucht bei dieser passenden Gelegenheit.«

Das tut schrecklich gut, nach so viel Tapferkeit und Vernunft sich trösten und pflegen zu lassen, gepriesen sei der verbrannte Finger. Er tut brav weh. Immerfort muß man an ihn denken, alles andere ist weit fort.

»Ach, du bist so lieb, Hullo, lieb, lieb, lieb! Ich hab' dich schrecklich gern!«

»Rede keinen Unsinn, sonst kommt das Küchenmesser über dich.«

»Ich rede keinen Unsinn, ich hab' dich wirklich gern.«

»Ich glaube, du hast heute ehebrecherische Absichten?«

»Ist ja gar nicht möglich, du Kamel ... mit Robert ist es aus.«

»Aus ... ganz aus?«

»Ganz aus!«

Brandwunden tun zwar schrecklich weh ... aber man darf doch nicht den ganzen Abend hier sitzen und vor Schmerzen Tränen vergießen. Lächerlicher Zustand! ... Ja, essen ist gut dagegen ... sie hat nicht gewußt, daß sie so hungrig ist.

»Herbert, dreh das Grammophon auf. Feine Leute haben immer Tafelmusik! Suse, kann ich noch Bratkartoffeln haben? Wo hast du diese Wurst her, Hullo, schmeckt großartig ... der Kaffee ist einfach herrlich!«

»Gnädige Frau, verwenden Sie für Ihren Kaffee nur mehr Mädchenhaut, gibt köstliches Aroma ...«

»Mach nicht so blöde Witze, Hullo, laß doch das Mädchen erst einmal aufessen, es erstickt uns ja hier sonst!«

Elli hat glühend rote Backen, vom Lachen, vom Wein ... sie sieht strahlend jung und frisch aus ...

»Süß siehst du aus, winziges Indianermädchen.«

Gut sitzt man auf Hullos Schoß, kleine kalte Schauer laufen immerfort den Rücken hinunter ... vielleicht hat man bißchen Fieber ...

»Rauch nicht so viel, Elli!«

Das Zimmer dreht sich so nett; viel zu faul, um irgend etwas zu sprechen ... sauwohl, sauwohl fühlt man sich ... der Zigarettenrauch beißt die Augen ...

»Schön ist die Welt ... wenn ...«

»Spiel nicht so laut, Richard, es ist elf Uhr durch ...« Suse versucht, Ordnung und Sitten aufrechtzuerhalten.

»... wenn das Glück dir ein Märchen erzählt ...«

Die heiße Backe an Hullos Wange gelehnt, sehr schön, sehr ...

Hullo lieb haben ... vernünftig sein ... das neue Leben beginnen.

»Hast du mich wirklich lieb, Elli? Oder machst du bloß dumme Witze?«

»Sehr lieb habe ich dich, aber wenn du nichts merkst, muß ich dir ja dauernd Liebeserklärungen machen.«

Wer lügt denn hier so laut und unverschämt: Ich ... ich ... ich ... Es geht ganz gut, so leicht hat man sich das gar nicht vorgestellt. Da ist Hullos Mund, ein sehr fremder Mund. Küssen kann er auch nicht, stellt Elli sachlich fest, aber das macht nichts, er wird es schon lernen.

»Na, seht euch doch das junge Glück da an!«

Vor ihnen steht Herbert und will sich krank lachen. Er hat auch recht, es ist zum Lachen, alles ist zum Lachen. Hullo lacht mit, Richard lacht mit, Elli hört sich selbst am lautesten lachen.

Suse steht vor ihnen und sieht auf Elli.

»Du sollst jetzt mal schlafen gehen, du hast fiebrige Augen, Elli!«

»Das macht die Liebe so ganz allein, sie gräbt sich tief ins Herz hinein ...« hämmert Richard auf dem Klavier.

»Ja, es ist sehr lustig, alles. Aber trotzdem hat auch Suse recht. Nach Hause gehen, schlafen, schlafen. Bis morgen mittag, bis übermorgen mittag ... bis ans Ende aller Tage.«

»Gute Nacht, gute Nacht, gute Nacht ...« so vielen Menschen muß man Gute Nacht sagen.

»Herbert, du gehst in die andere Richtung? Wie gehen wir, Hullo? Hier hinunter? Du mußt mich führen, ich weiß gar nichts.«

Kleiststraße, Wittenbergplatz, hier rechts ist die Bayreutherstraße; Nr. 3, zwei Treppen hoch, schläft jetzt Robert. Komischer Gedanke ... Tauentzienstraße, Kurfürstendamm ... Schön ist diese klare, gute Luft. Bahnhof Zoo. Menschen, Menschen, ach so viele Menschen! Die Leute sehen alle besser, glücklicher, hübscher aus als die, denen man untertags begegnet. Schön war diese Frau, die eben vorbeiging, die große tadellose Figur; wie einem bloß zu Mute sein mag, wenn man so aussieht? Ach, dieser herrliche Pelz! ... Du, das Blond war echt ... das sieht man doch gleich ... Das Parfüm kennt man doch, aber, das eben vorbeiging ... nanu, was war das doch? Narcisse noir ... Bourjois ... mal von Henrik zu Weihnachten bekommen. Die leere Flasche hat man noch zu Hause. Wozu man den Unsinn bloß aufhebt? Soviel Krimskrams von Henrik, den man sich nicht entschließen kann, wegzuschmeißen ... Henrik? Ist das wirklich schon so lange her? Wohnt man wirklich in einer anderen Stadt ... hat man wirklich nichts mehr mit seinem Leben zu tun? Ob sie Glück oder Kummer, Hunger oder Arbeit hat ... für Henrik ist das wirklich ganz egal. Das wird man nie verstehen können!

»Wohin gehen wir eigentlich, Hullo?«

»Na, zu mir ... nicht?«

Ja, natürlich zu ihm! Auf den Gedanken ist sie wirklich nicht gekommen! Komisch, jetzt soll man das in die Tat umsetzen, Hullo lieb haben! Gesagt hat man es ja schon, einen ganzen Abend lang. Jetzt wird man also Hullos Freundin. Hullo klein und stämmig neben ihr ... er ist gut zu ihr, er hat sie gern ... er kümmert sich um sie, er gehört zu ihrem Leben ... er wird nie sagen, daß Theater spielen kein richtiger Beruf ist ... er wird sich nie nach einer reichen Frau umsehen ... ja, ja, ja, sie weiß alle Gründe längst auswendig ...

Eisenzahnstraße.

»Gleich sind wir daheim!« sagt Hullo. »Wärst du vielleicht lieber gefahren? Ich dachte bloß, der Marsch wird dir gut tun?«

»Natürlich! Du warst klug und weise wie immer ...«

»Wärst du lieber zu dir nach Hause gegangen?«

Er sieht sie nicht an, während er sie das fragt. Er ist verlegen. Hullo ist wirklich und wahrhaftig verlegen. Sie drückt bloß seinen Arm. Ja, sie wäre lieber nach Hause gegangen, aber das darf man nicht laut sagen. Elli weiß genau, wie es wirklich ist, wenn man einen Mann liebt hat.

Eine Treppe, zwei Treppen, drei Treppen! Man hat nie gewußt, daß Stufensteigen so eine Anstrengung ist.

»Gleich sind wir da«, tröstet Hullo.

Wie oft ist sie diese Treppe schon hinaufgegangen ... vorgestern war sie zum letzten Male hier. Elli staunt: vorgestern? und das war wirklich sie, ein-

und derselbe Mensch? Und das ist wirklich Hullo, den man so gut, den man auswendig kennt?

»So, na also! Da wären wir. Willst du, daß ich uns noch einen Tee braue?«

»Tee? Ja, das wäre schön!«

Und jetzt auf alle Fälle: Gleich niedersetzen! Todmüde ist sie, der heutige Abend dauert schon tausend Jahre.

»Ja, Hullo, Tee wird schön sein. Ich bin so verdurstet.«

Hullo nickt bloß. Draußen ist er. Das ist gut, das ist schön, allein in diesem leeren Zimmer zu sein. Elli wirft sich todmüde auf die Couch, bloß ruhig liegen und an gar nichts denken.

»Elli ...!«

»Ja?«

»Du könntest dich auch betätigen und unser Lager herrichten ... ja?«

»Ach, wo denkst du hin, Junge, jetzt, wenn ich eben so schön faul bin?«

»Na, auch recht!«

So, jetzt ist's wieder still. Wenn bloß das Teekochen ewig dauerte! Welch ein guter Junge er doch ist! Elli sagt es sich eindringlich vor, horcht in sich hinein, aber es antwortet ihr nichts darauf. Tut eigentlich der kleine Finger noch weh? überlegt sie. Sie bewegt ihn vorsichtig. Ja, er schmerzt, aber lange nicht genug. Da dieser Stein in der Brust drückt viel, viel schwerer. Sie preßt beide Hände an ihr Herz, das tut so weh, viel mehr weh als alle verbrannten Finger der Welt. Da liegt man nun und ist der verlassenste Hund der Welt. Sterben wäre das Beste, was man machen könnte. Zehn Tabletten Veronal, man hat sie sich ja auf alle Fälle aufbewahrt, damals ... Zehn Tabletten Veronal und alles ist vorüber!

Hullo balanciert das Teebrett auf den Tisch.

»Ellmädchen, Indianerknabe ... der Tee ist da.«

Elli rührt sich nicht. Nein, sie kann nie wieder von hier aufstehen ... sie ist viel zu müde ... und diese gewaltige Anstrengung wäre ja auch ganz sinnlos.

»Schläfst du, Ellmädchen?«

Hullo kommt vorsichtig näher und berührt Ellis Scheitel.

»Du weinst ja?« fragt er erstaunt. »Ja, warum weinst du denn?«

Er setzt sich zu ihr und nimmt den kleinen Kopf zwischen seine Hände.

»Warum weinst du denn? So sag's doch endlich??!!!«

»Ich will sterben, Hullo, ich will sterben!«

»Sterben ist Unsinn, heul dich lieber anständig aus.«

Weiß Gott, wie lange sie so sitzen, die beiden, Hullo und Elli. Er läßt sie nicht aus seinen Armen und wenn er sich nicht schämte, würde er eigentlich am liebsten mitweinen. So begnügt er sich aber damit, begütigend ihre Schulter zu klopfen:

»Na, na, na, sei schön unglücklich, sei schön unglücklich ...!« sagt er in singendem Ton.

Diese Nacht nimmt kein Ende. Es ist drei Uhr morgens, als sich Hullo beim Haustor in der Suarezstraße verabschiedet. »Geh jetzt schlafen, denk an gar nichts und denk über gar nichts nach ... es wird sich schon alles finden ...«

»Ja, ja.«

Elli taumelt vor Müdigkeit, am besten wäre es, gleich auf der Treppe einzuschlafen. Eine Ewigkeit dauert es, zwei Treppen hoch zu klettern. Die Kleider scheinen unerträglich schwer in dieser Müdigkeit, das geschminkte Gesicht sieht in der fahlen Morgenbeleuchtung fremd und sehr unnatürlich aus. Hullo pfeift noch einmal von der Straße her: die ersten Takte der Marseillaise. Elli pfeift mechanisch zurück. In der einen Hand den Vaselintiegel, in der anderen den Zellstoff, viel zu faul, um beides noch irgendwohin zu legen, stolpert sie besinnungslos zum Fenster, winkt mit beiden Händen, mit Vaselintiegel und Zellstoff auf die Straße hinunter:

»Gute Nacht, Hullolein. Gute Nacht ...«

»Gute Nacht, vorlautes Indianermädchen, sei brav!«

»Ja, ja ...«

»Mach' keine Dummheiten!«

»Ach, wo denn!«

»Es wird noch alles gut ...«

»Ja, freilich ...«

Und jetzt schwingt er nochmals den viel zu breitrandigen Hut in hohem Bogen und geht. Welch schwerer undurchführbarer Entschluß, jetzt nochmals den Körper zu bewegen, vom Fenster weg ... zum Waschtisch zu gehen, sich das Gesicht zu Ende abzureiben, das Nachthemd anzuziehen und endlich ins Bett zu fallen. Ein dutzendmal muß man sich den Vorgang ausmalen, bevor man fähig ist, ihn in die Tat umzusetzen. Elli schlägt die Bettdecke zurück, ein Brief fällt zur Erde. Aus Wien. Von Hanna. Mit grenzenlosem Behagen spürt sie das kühle weiche Bett, die Polster, die Decken. Köstlichste Gnade, barmherzigste Freude! Einige Sekunden besteht die Welt nur aus Freude an diesem Bett. Der Schlaf ist weggeblasen, also Hannas Brief:

»Liebste Elli,
ich freue mich schrecklich, daß eure Kabarettsache so fein klappt. Die Kritiken sind herrlich! Wir werden es noch erleben, daß Du groß und berühmt wirst.
Sei nicht böse, daß ich erst heute antworte, aber weißt Du, ich habe wirklich gar keine Zeit. Ich habe jetzt für die Nachmittage eine Sekretärinstelle angenommen und das strengt mich alles noch so sehr an, wirtschaften, Sekretärin sein, Hausfrau, liebende Gattin ... kurzum! aber es wird schon werden.
Letzten Sonntag haben wir einen kleinen Ausflug gemacht. Auf dem Heimweg trafen wir Henrik mit der teuren Gattin ...«

Elli läßt den Brief fallen und dreht sich zur Wand. Schlafen! bitte, schlafen!!! Wo ist der Schlaf bloß hingekommen? Nichts ist geblieben als brennende Müdigkeit in den Gliedern, Augen und Hirn. Schlafen und nichts mehr wissen, nie mehr Briefe lesen und nie mehr denken ... Elli schlägt mit der Faust an die Wand: Genug, sagt sie jetzt laut. Genug! Ich will nicht mehr!

Nein, sie will nicht mehr. Genug von all dem: Enttäuschung, Entbehrung und Einsamkeit! Alles vergeblich gewesen, vergeblich gekämpft, geliebt, überwunden und tapfer gewesen.

Hanna hat ihren Mann, hat ihre Wohnung, Henrik hat seine Frau ... Suse und Richard gehören zusammen! Und Elli? Alles wird ihr kaputt gemacht, alles! Nun ist nur mehr Zorn in ihr, Zorn und Empörung. Charly hat sie geliebt, Charly hat diese Liebe mit Verrat und Feigheit belohnt ... Henrik hat sie mehr geliebt als das Leben selbst und Henrik hat ... ach, du lieber Gott, was Henrik dieser Liebe alles Böse angetan hat ... Wie hat sie gekämpft, um weiterzuleben. Hat sie sich nicht als treuester und wackerster Kapitän auf diesem untergehenden Schiff gehalten? Und nun: Das Jazzkabarett! Das Kabarett zehn junger Menschen ... einfach weg ... gibt es nicht mehr! Hat sich nicht gehalten, nennt man so etwas. Nächte, Tage, Wochen voll Arbeit, Liebe, Hingebung und Energie vergeblich hingeopfert diesem Moloch, der Schlechte Zeiten heißt. Hedwig ist tot! Hedwig, liebste, beste, pünktlichste aller Kolleginnen, um die man mit dem

Leben selbst verzweifelt gekämpft hat ... auch sie gibt es nicht mehr. Tausend und eine Niederlage hat sie erlitten in dieser Zeit in einem einundzwanzigjährigen Menschenleben. Noch nicht genug? Noch immer weiterkämpfen, um immer wieder zu erliegen? Nun, in drei Teufels Namen, wenn ihr uns nicht haben wollt, ihr Leute ihr, ihr schlechten Zeiten ihr, wenn ihr keine Verwendung für uns habt, so stellt uns an die Wand und schießt uns endlich tot. Fort mit uns, wir wollen nicht mehr leben! Also so ist das? So ist Lebensüberdruß ... wenn man zittert, weint und bangt nach diesem Leben, wenn man leben möchte und doch nicht darf, wenn man endlich besiegt und geschlagen, erschöpft und gemartert diesen Kampf aufgegeben hat ... ist man ein Selbstmörder! Also Adieu! Adieu Morgen und Übermorgen, Gestern und Vorgestern.

Gestern? Robert? Ja, Robert, der zweite Mann, den man geliebt, den man mit aller verzweifelten Liebesbereitschaft eines enttäuschten Herzens zärtlich hat umfangen wollen ... Welche Verwendung hat Robert für dieses Herz gehabt?

Diesmal muß Elli lächeln. In diesem Schmerz, der das Resumee ihres einundzwanzigjährigen Daseins ist, muß Elli lächeln. Ein kleines, übermütiges, triumphierendes Lächeln bei dem Namen Robert.

Der Mann, den man ein halbes Jahr lang Robert nannte und bei dem man ebenso lange Henrik gedacht hat.

Nun ja, vielleicht ist Robert der einzige, dem man nichts vorwerfen darf. Robert hat sie nicht sehr, nicht unbändig geliebt, nur mit einer kleinen, warmen, kameradschaftlichen Liebe und ein bißchen Verliebtheit, aber er hat immerhin sie geliebt, sie, die kleine Elli. Und Elli? Sie hat mit zitterndem Herzen Henrik, den schon totgesagten Henrik, ins Leben zurückrufen wollen, hat vergangene Zeiten und Küsse in Roberts Armen noch einmal erleben wollen, und hat dies alles Liebe genannt.

Liebe ... zu wem? Also hier ist Schuld, denn sie hat Robert betrogen, vom ersten Tag an betrogen ... Mit einem Seufzer der Erleichterung bekennt sie sich schuldig, mit einem Lächeln der Befriedigung erkennt sie, daß sie unrecht gehandelt hat.

Sie muß Roberts Brief nochmals lesen, sie weiß ja gar nicht mehr, was er eigentlich geschrieben hat:

»Liebes, gutes Ellichen,
ich habe in der letzen Zeit viel über unsere Freundschaft nachgedacht und bin zu dem Resultat gekommen, daß wir beide absolut nicht zusammenpassen. Ich möchte beinahe sagen, daß ich Deiner nicht wert bin. Du bist das liebste und beste Mädel, das ich je kennengelernt habe, aber die große, alles vergessende Liebe, die Du forderst (und mit vollem Recht, denn Du bist ja bereit, sie zu geben), das ist nichts für mich. Sieh mal, meine Kleine, ich bin ein nüchterner Kerl, nicht so eine Künstlerseele wie Du. Kurzum, wenn Du auch jetzt das Gefühl hast, daß ich Dir unrecht tue, glaube mir, es ist das

beste, wenn wir auseinandergehen und trotzdem gute Freunde bleiben.
Ich wäre sehr unglücklich, wenn Du jetzt böse auf mich wärest, mich wird es immer freuen, von Dir zu hören. Es küßt Dich zum letztenmal

Dein Robert«

Ach nein, ach nein, er tut ihr nicht unrecht und es tut eigentlich auch nicht mehr weh. Weit weg ist dieser Robert schon, so weit weg, daß sie sich bei seinem papierenen Kuß seine vollen, warmen Lippen kaum mehr vorstellen kann. Gut, daß er endlich den Mut gefunden hat, dieser verfehlten Geschichte ein Ende zu machen.

Und was jetzt? Die Liebe war nicht echt, die Vernunft war nicht echt und es bleibt nichts als die Einsamkeit. Ach, jetzt sollte Hanna hier sein, Hanna, die es so wunderbar verstanden hat, alle Selbstmordgedanken auszureden! Hanna, Hanna, liebe Hanna ... Wo ist ihr Brief?

»... trafen wir Henrik mit der teuren Gattin. Emil und ich fanden beide, daß sie sehr unvorteilhaft ausgesehen hat.
Paß auf, Kleines, ich habe nachträglich einen feinen Osterhasen für Dich. Schick mir doch, bitte, postwendend Deine Maße. Nächste Woche ist die Hausschneiderin bei mir, da lasse ich Dir aus zwei Kleidern, die ich entbehren kann, was zurechtschneidern.

Es wird sicherlich noch sehr hübsch aussehen. Also, schreib doch diesmal gleich. Vergiß nicht, die Länge bis zu den Knöcheln zu messen, es sind Seidenkleider.

Emil läßt grüßen. Ich umarme und küsse Dich oft.

Immer Deine alte Hanna«

Hanna ist der beste und klügste Mensch! Dagegen kann kein Mensch etwas einwenden! Zwei Kleider, zwei richtige Sommerkleider! Hanna ist das vernünftigste und liebste Geschöpf auf der Erde. Hanna ist immer da, sooft man sie braucht, Hanna hat durchgehalten durch dick und dünn.

So einen Mann müßte man mal erleben, so einen Kerl mit Hirn und Herz. Aber der muß wohl vom Himmel geschneit kommen, so selbstverständlich wie der nächste Tag.

Ob es das gibt?

Den zu erleben wäre wohl vernünftig.

Wie hat Hedwig gesagt: »Aber dann schick deinen Robert weg, dann lauf nicht mit jedem Jungen mit, der küssen kann ...«

Und wenn er nicht groß ist und wenn er nicht blond ist und wenn er Fehler hat, kleine, lächerliche Alltagsfehler, wenn man ihn nicht anbeten kann, weil er uns nicht mehr erscheint, als wir selber sind?

Kann man auch einen kleinen Mann lieben, kann man glauben, daß er ein Held und daß er ein Kerl ist?

Ach, man kann mit seinem unvernünftigen Herzen nicht zu Rate gehen. Man kann nur dableiben und glauben, daß er kommt.

Also doch dableiben?

Und sich wieder alles kaputtschlagen lassen, Arbeit, Mühe, Fleiß und Hingabe.

Und immer wieder sprechen wollen und nie zu Worte kommen.

Ach, Hanna, liebe Hanna!

Hullo hat gesagt, daß schon wieder ein Wunder geschehen wird!

Richard hat einen Schlager bei der Ufa angebracht!

Dr. König hat ganz recht, einmal muß der Filmfatzke ja doch aus Paris kommen ...

»Sie haben gewiß keinen Grund zur Mutlosigkeit ...«

Suse hat gesagt, daß ...

und Richard ...

Es muß ja wieder besser werden, es muß ja wieder vorwärts gehen! Am Leben bleiben, am Leben bleiben! Vielleicht gibt es irgendwo in der Zukunft etwas, das man versäumen könnte durch eine voreilige Flucht ...

Hannas Brief in den Händen, die Wangen rauh und wund von den vielen Tränen, das Kopfkissen am Fußende, liegt sie in diesem von dem Kampf um Tod oder Leben etwas derangierten Bett, die Lippen im Schlafe vorgeschoben, die Arme weit von sich gestreckt ... es sieht wirklich so aus, als ob sie schon wieder küssen wollte.

Siebentes Kapitel

»Hat man schon so etwas von Glück gehört? Menschenskind, du weißt ja gar nicht, wieviel Schwein du hast. Ein Sommerengagement, ein richtiges Sommerengagement!«

Hullo liest den Vertrag zum drittenmal durch. Seine Stimme bebt vor Ehrfurcht. Suse liest über Hullos Schulter hinweg mit, den Vertrag selbst darf sie nicht anfassen, weil ihre Hände nach Zwiebeln riechen. Elli, die glückliche Besitzerin des Vertrages, tanzt von der Küche ins Zimmer und von dort in den Korridor. Größer ist die Wohnung nicht.

»Ein Vertrag, ein guter Vertrag, das ist das Beste, was es gibt in der Welt ...«

»Na, Mädchen, du kannst wirklich lachen, Mädchen, sei umarmt!«

»Wirst du denn mit deinen Kleidern auskommen? Zähl' mal alle deine Schätze auf!«

Das ist natürlich Suse, die so fragt. Vernünftige Dinge können ja Männer nicht sprechen.

»Also, zwei Seidenkleider hat Hanna geschickt. Beide sind tadellos. Eines ist geblumt und das andere einfarbig grün, passen wundervoll, dann habe ich noch das braune Georgette vom Vorjahr, dann das rote mit dem Spitzenkragen, geht auch noch ganz gut ...«

»Moment, Moment, ich habe eine Idee ...! Hullo, paß mal bißchen auf die Zwiebeln auf, wenn sie goldgelb sind, ruf mich!«

»Und wenn sie schwarz sind?«

»Dann schmeiß ich dich 'raus!«

Suse hat wirklich eine Idee. Suse findet noch zwei Leinenkleider und eine rosa Seidenbluse, die sie an Elli vererben kann. Es sieht also fast so aus, als sollte Elli mit dem Trousseau einer Prinzessin für ihr Engagement antreten. Auch ein paar geflochtene Sommerschuhe sind da, die sich Suse im Vorjahr um eine Nummer zu klein gekauft hat, was sich jetzt als sehr vernünftig erweist.

Elli steht vor dem Spiegel, tanzt in den neuen Schuhen, hält das blaue und das gelbe und rosa Kleid gleichzeitig in den Händen, leuchtet wie ein Regenbogen und tut, als gäbe es keinen Lebensüberdruß und keine verweinten Augen in der Welt.

»Bildschön siehst du jetzt aus, Indianermädchen. Sag, was sollst du denn spielen in deiner Sommerbude?«

»Lauter Quatsch, aber das schadet nicht. Hauptsache ist, man spielt, Hauptsache ist, man lebt!«

»So ist es!«

Wenn Hullo mal jemandem recht gibt, muß er schon was sehr Vernünftiges gesagt haben, denn mit Anerkennungen ist er sparsam.

Aber das muß schließlich jeder einsehen, daß ein Mensch, der mit bunten Sommerkleidern durchs Zimmer tanzt, die Arme ausbreitet und weiterlebt, recht hat!

Noch in alle Winkel und Laden geschaut, nichts vergessen, den Kasten auf ... alles leer! So ist es recht! Den Wecker noch auf sieben Uhr gestellt ...! Rrrrrr, Telephon!

»Hallo, Wilhelm 32-33. Ja, ich bin am Telephon. Robert, ach ja Robert ... Ja, ich fahre wirklich weg. Morgen früh ... Heute abend Adieu sagen? Aber gern ... Sieben Uhr im Romanischen, o ja, das geht schon. Um acht muß ich bei Suse sein, da können wir bequem 'ne Stunde quatschen. Gut, abgemacht. Sieben Uhr ... Nett, daß du angerufen hast. Wiedersehen!«

Wiedersehen mit Robert?

Das Herz hat weder gezuckt noch gebebt bei dem Wiederhören seiner Stimme. Nett, daß er anruft, sonst nichts!

Eigentlich schade.

»Ich begleite dich noch bis zur Suse.«

»Schau, es regnet, bei jeder Abreise regnet es.«

»Du hast mir noch gar nicht erzählt, durch wen du das Engagement so plötzlich bekommen hast?«

»Zufall. Der Direktor hat mich im letzten Jazzprogramm gesehen, und da er jetzt eine Vakanz hat ...«

»Sieh mal, also war das ›Jazz‹ doch zu etwas gut!«

»Pardon, das ›Jazz‹ war zu verschiedenem gut!«

Robert lächelt nachsichtig: naja!

Elli kann sich nicht mehr über ihn ärgern.

»Pedantischer Esel!«, aber sie sagt es mehr aus Pflichtbewußtsein als aus innerem Bedürfnis. Er drückt vergnügt ihren Arm und freut sich über das gute Einvernehmen, das zwischen ihnen besteht.

»Du hast einmal zu meinem Leben gehört ...«

Ein Lautsprecher schmettert es in die Abendstunde der vorübergehenden Tauentzienpassanten und Robert pfeift mit.

»Richards Tango«, sagt Elli stolz. »Mit der Zeit werden wir doch noch alle schrecklich berühmt werden.«

»Na wollen wir's hoffen. Wollt ihr denn im Herbst wieder aufmachen?«

»Klar, das ist doch keine Frage! Halt, hier sind wir angelangt: Kleiststraße 12.«

Jetzt müssen sie beide stehen bleiben und einander ansehen, weil es ein Abschied ist, so ein richtiger Abschied ... mit Wegfahren und Lebensabschluß. Robert ist ein bißchen gerührt, und das ist ihm auch recht. Sie war schließlich ein halbes Jahr seine Freundin, und sie ist ein kleines, tapferes Mädchen, das brav und unentwegt ihren Weg geht. Und sie imponiert ihm auch ein bißchen, weil sie schließlich immer wieder so etwas wie Glück hat: das läßt beinahe auf Tüchtigkeit schließen ... sie steht so klein und so schmal vor ihm, es ist bewundernswert, wie sie es trägt, daß er sie verlassen hat ... das alles und ähnliches muß er denken, und so sagt er ein bißchen feierlich: »Also, Adieu denn und auf Wiedersehen!«

Du hast einmal zu meinem Leben gehört, summt es immer noch in Ellis Ohren. Kitschig ist das Leben, sehr kitschig. Gerade jetzt muß sie diesen Schmachtfetzen hören. Es tut doch weh, wenn man denkt, wie oft man das noch wird erleben müssen, daß ein Mensch aus unserem Leben geht, so weit weg, daß er nichts mehr damit zu tun hat, und nichts bleibt von all den großen Gefühlen und den lieben Worten. Wird das wirklich noch oft sein? Angst und bange kann ihr werden bei diesem Gedanken ... und sie erschrickt bei dem Wort: Zukunft! Ihr ist zu Mute, wie wenn jemand die Türe geöffnet hätte, um die Kälte hereinzulassen.

Ist es wirklich der Mühe wert: dieses Weiterleben? Gewaltsam zwingt sie das Spiegelbild einer vierfarbengeschmückten, durchs Zimmer tanzenden Elli herauf. Zu Hause stehen die gepackten Koffer ... zu Hause liegt ein Vertrag ... das neue Engagement! Der nächste Mann! setzt das Herz mit einem kleinen Übermutsanfall hinzu.

»Adieu, Lieber! Alles Gute ...«

Keine Angst, keine Angst vor dem Leben haben, klopft das Herz. Die Nerven machen noch einmal Peng. Zu viel Gefühl auf einmal.

Und als er ihre Hand faßt, sieht er mit Bestürzung, daß sie weint, aber diese Tränen gelten nicht mehr ihm, doch das versteht er nicht.

Und das kann man auch schließlich von einem Mann nicht verlangen.

Romanisches Café in Berlin, Terrasse (um 1925)

Anke Heimberg

Jung, begabt und immer abgebrannt

Lili Grüns bewegte Jahre im Berlin der späten zwanziger Jahre

Die als ›Grande Dame‹ der österreichischen Literatur verehrte Hilde Spiel nahm 1976 den Namen einer Schriftstellerin in ihr literaturgeschichtliches Grundlagenwerk *Die zeitgenössische Literatur Österreichs* auf, der bis dahin nur sehr selten Eingang in die wissenschaftlichen Nachschlagewerke zur deutschsprachigen Literatur gefunden hatte: Der Name dieser Schriftstellerin ist Lili Grün.

Hilde Spiel hatte Lili Grün noch persönlich gekannt. Im Wien der Zwischenkriegsjahre waren die beiden jungen Frauen eine kurze Zeit lang – bis zur Emigration Spiels 1936 nach England – Weggefährtinnen gewesen. Vermittelt und protegiert durch den bekannten österreichischen Romancier, Literaturkritiker und Zsolnay-Autor Robert Neumann hatten sie ihr Debüt als Romanschriftstellerinnen kurz hintereinander beim Wiener Paul Zsolnay Verlag gegeben: Am 16. März 1933 erschien dort Grüns Kabarett-Roman *Herz über Bord*; am 30. März 1933 folgte Spiels Jugend- und Entwicklungsroman *Kati auf der Brücke*. Ende September 1933 empfahl der Zsolnay Verlag die Erstlingswerke von Lili Grün und Hilde Spiel als »zwei sehr erfolgreiche Romane junger österreichischer Autorinnen« für den Julius-Reich-Dichter-Preis.[1] Dabei handelte es sich um einen Literaturpreis, der von Kommerzialrat Julius Reich, einem jüdischen Wiener Glasfabrikanten, durch eine Testamentsverfügung gestiftet und in den 1920er-/1930er-Jahren alljährlich an »begabte aufstrebende Dichter« verliehen wurde.[2] Frühere Preisträger/innen waren unter anderem die bekannten Schriftsteller/innen Mela Hartwig und Friedrich Torberg. Hilde Spiel erhielt den Preis schließlich neben den Lyrikern Ludo Gerwald, Adolf Unger und Ernst Waldinger. Während Spiels Jugendroman *Kati auf der Brücke* auch nach 1945 regelmäßig neu aufgelegt wurde, geriet Grüns Erstling *Herz über Bord* jedoch völlig in Vergessenheit, ehe er Jahrzehnte später, von mir wiederentdeckt, 2009 schließlich erstmals wieder beim AvivA Verlag in Berlin erscheinen konnte. Da der ursprüngliche Titel *Herz über Bord* seit Mitte der 1930er-Jahre mehrfach für Operette, Schlager sowie andere Bücher genutzt worden war, wurde Lili Grüns Debüt unter dem neuen Titel *Alles ist Jazz* veröffentlicht.

Im Rahmen ihres Einführungskapitels »Die österreichische Literatur nach 1945« erinnerte Hilde Spiel nun also an ihre damalige Schriftstellerkollegin Lili Grün, verwies auf die finsteren Jahre der nationalsozialistischen Okkupation Österreichs, auf die Verfolgung, Vertreibung und Ermordung zahlreicher ihrer Zeitgenossen und Zeitgenossinnen sowie insbesondere auf die auf ein rasches Vergessen drängende unmittelbare Nachkriegsgesellschaft. »Jene Flüchtlinge und Auswanderer, die Österreich nach dem Anschluß verließen, hatten ihrer Heimat zum größten Teil unter Zwang entsagt«, so Spiel. »[...] Wenige kehrten zurück, so sehr sie auf den Tag, an dem dies möglich sein würde, gewartet hatten. Viele der verfolgten und ausgestoßenen Schriftsteller hatten die Jahre der Hitlerherrschaft gar nicht überlebt. In Vernichtungslagern starben unter vielen anderen [...] *LILI GRÜN* [...], ein rührendes Mädchen, das mit seinem zarten Roman *Herz über Bord* zum erstenmal [sic!] in dem fatalen Jahr 1933 hervortrat. Ihre Lebensgeschichte bliebe im dunkeln [sic!], und sie wäre vom Erdboden weggewischt, als hätte es sie nie gegeben, würde ihrer hier nicht Erwähnung getan.«[3]

Trotz der exponierten »Erwähnung« Lili Grüns in Hilde Spiels Monographie sollte ihre Lebensgeschichte noch viele Jahre weiter »im Dunkeln« bleiben. Ihr Name fand weiterhin nur sehr selten Eingang in die einschlägigen bio-bibliographischen Nachschlagewerke. Dabei waren die Lexikoneinträge zu ihrem Leben und Werk meist wenig befriedigend, das heißt knapp, rudimentär und lückenhaft. Ein erstes Kurzporträt der Autorin, auf das nachfolgend erschienene Literaturlexika zumeist rekurrieren, enthält das 1995 von den Berliner Literaturwissenschaftlerinnen Petra Budke und Jutta Schulze verfasste Nachschlagewerk *Schriftstellerinnen in Berlin 1871 bis 1945*.[4] Siglinde Bolbecher und Konstantin Kaiser folgten 2000 mit einem längeren bio-bibliographischen Eintrag zu Lili Grün in ihrem *Lexikon der österreichischen Exilliteratur.*[5] Letztere bezogen sich dabei vor allem auf Murray G. Halls kleinen Abschnitt »Lili Grün« in dessen 1994 erschienener umfassender Verlagsgeschichte *Der Paul Zsolnay Verlag. Von der Gründung bis zur Rückkehr aus dem Exil.*[6]

Wer war Lili Grün? Dieser Frage Jahrzehnte nach ihrem gewaltsamen Tod nachzugehen, braucht(e) es viel Geduld, Zeit und nicht zuletzt ein Quantum detektivischen Spürsinns. Denn von der 1942 im Alter von nur 38 Jahren durch die Nationalsozialisten ermordeten Lili Grün sind nur sehr wenige biographische Dokumente und, soweit mir bekannt, kein Nachlass überliefert. Lediglich das Literaturarchiv der Österreichischen Nationalbibliothek in Wien verwahrt ein sehr schmales Konvolut zu Lili Grün, das primär die Geschäftskorrespondenz des Zsolnay Verlags mit seiner Autorin enthält.

Lili Grün wurde am 3. Februar 1904 als Elisabeth Grün in Wien geboren. Sie war die jüngste Tochter des aus dem ungarischen Élesd stammenden Wiener Kaufmanns Hermann (Ármin) Grün, einem »Schnurrbartbindenfabrikant, Parfümeriewaren- und Friseurbedarfsartikelhändler«,[7] und seiner Frau Regine (Regina), geborene Goldstein. Nach mehreren Umzügen ließen sich die Grüns Anfang 1909 dauerhaft in der Arnsteingasse 33 im südwestlich gelegenen Vorstadtbezirk Rudolfsheim nieder. Rudolfsheim gehört heute zum 15. Wiener Gemeindebezirk (Rudolfsheim-Fünfhaus), einem seit der Gründerzeit typischen, traditionell ärmlichen Arbeiterbezirk mit einem verhältnismäßig hohen Anteil an Kleingewerbe, der vorwiegend proletarisch bis kleinbürgerlich geprägt ist. Das Ladengeschäft von Hermann (Ármin) Grün befand sich im Erdgeschoss des Hauses Arnsteingasse 33, die gemeinsame Wohnung lag direkt darüber.

Als von den Eltern und den älteren Geschwistern offenbar nicht mehr erwartete, dafür umso verwöhntere Nachzüglerin, erlebte Lili Grün zunächst wohl schöne und unbeschwerte Kinderjahre. Der plötzliche Tod der geliebten und verehrten Mutter, die im August 1915 im Alter von 47 Jahren infolge einer unentdeckten Herzmuskelentzündung überraschend an einem Gehirnschlag starb,[8] markierte für die Elfjährige jedoch das Ende ihrer bis dahin sehr behüteten Kindheit. Den vermutlich als traumatisch erlebten Verlust der Mutter suchte Grün später wiederholt literarisch zu verarbeiten, indem sie die jeweilige Protagonistin ihrer autobiographisch gefärbten Romane stets als Halb- oder Vollwaise zeigte, die ihrer einst heilen Kinderwelt beständig hinterhertrauert. »Ist sie denn nicht Mutters geliebtes Kind gewesen? Mutter, die beste und gütigste Frau auf dieser Welt, mit den zärtlichsten Händen. [...] Und dann ist Mutter gestorben. [...] Nach Mutters Tod ist die große, große Einsamkeit gekommen«, charakterisiert beispielsweise Grüns Romanheldin Elli in *Herz über Bord/Alles ist Jazz* ihre auf einmal mutterlos und daher arm gewordene Kindheit (S. 30).

Dass »die Mutter bei der Nachricht, daß der Bruder ins Feld müsse, vom Schlagfuß hingerafft wird« und »der Vater im ersten Kriegsjahr stirbt«, wie Lili Grün Emanuel Häußler vom »Neuen Wiener Tagblatt« glaubhaft zu machen versuchte, ist jedoch eine phantasievolle Übertreibung bzw. eine zugespitzte Selbstinszenierung der Autorin als ›armes Waisenkind‹. Im April 1933, kurz nach Erscheinen ihres erfolgreichen Romans *Herz über Bord/Alles ist Jazz*, hatte Grün dem »Tagblatt«-Redakteur offenbar ein ausführliches Interview zu ihrer Vita und ihrem Kabarett-Roman gegeben. »Ein junges Mädchen, filigran und unscheinbar wie ein Zwergbäumchen vor der Blüte, macht den Cicerone und erzählt eine Geschichte, halb Humoreske, halb Märchen von Andersen«, beschrieb Häußler, der am Wahrheitsgehalt von Grüns Darstellung damals wohl auch schon den einen oder anderen Zweifel hegte, sein Gegenüber.[9] Infolge der Generalmobilmachung der Streitkräfte Österreich-Ungarns wurde Grüns Bruder Karl als registrierter sogenannter Einjährig-Freiwilliger tatsächlich bereits im August 1914 zum Frontdienst eingezogen.[10] Der Feldeinsatz des einzigen Sohnes und die damit verbundenen Ängste und Sorgen waren der angeschlagenen Gesundheit von Mutter Regine (Regina) auf die Dauer sicher nicht gerade förderlich. Vater Hermann (Ármin) wurde erst im März 1916, also im zweiten Kriegsjahr, an die Front beordert. Er überlebte den Felddienst, zog sich dabei aber ein chronisches Nierenleiden zu, an dem er schließlich

Anfang 1922 mit 56 Jahren starb.[11] Somit war Grün also kurz vor ihrem 18. Geburtstag zur Vollwaise geworden.

Nach Abschluss der Volks- und Bürgerschule machte Lili Grün eine kaufmännische Ausbildung zur Kontoristin – für sie wahrscheinlich nur ein lästiger ›Brotberuf‹, auf dessen Erlernung als solides berufliches Standbein vermutlich ihr Vater bestanden hatte. Von Kind an galt ihre leidenschaftliche Liebe wohl vielmehr dem Theater. »Was wollen unter zehn jungen, aufgeweckten Wiener Mädchen, die schon als Kinder irgendwie mit dem Theater in Berührung kamen, neun? Zur Bühne natürlich«, so Emanuel Häußler über die theaterbegeisterte junge Lili Grün.[12]

In ihrem 1935 nachfolgenden Bühnen-Roman *Loni in der Kleinstadt* – 2011 unter dem zeitgemäßer klingenden Titel *Zum Theater!* ebenfalls von mir neu ediert – schildert Grün den steinigen Weg der angehenden Schauspielerin Loni Holl zur Bühne. Ihre Protagonistin tritt als junges Mädchen zunächst in Statisten- und Kinderrollen an einem großen Wiener Theater auf, um ihrem Berufsziel Schauspielerin näherzukommen. Später übernimmt sie dort auch Komparsenrollen. »»[A]bends statiere ich im Theater – so den zweiten Baum von links. Der Page im Don Carlos: Sire der Inquisitor Kardinal … ist meine größte Rolle«, umreißt die 18-jährige Loni im Roman selbstspöttisch ihr eher desolates Dasein als Schauspielerin. Tagsüber arbeitet sie als Büroangestellte, später bei einer Modistin: »»[S]o auf alle

Fälle, Handwerk hat einen goldenen Boden!«[13] Auch im realen Leben übernahm Lili Grün als junges Mädchen kleine Rollen an Wiener Bühnen. Meine Recherchen ergaben, dass sie beispielweise am Wiener »Deutschen Volkstheater« in der erfolgreichen Aufführung von Henrik Ibsens Drama *Peer Gynt* unter der Regie von Alfred Bernau von 1920 bis 1924 in allen 60 Vorstellungen in ihrem Part als Troll auftrat.[14]

Um ihren großen Traum von einer Karriere als Schauspielerin irgendwann einmal Realität werden lassen zu können, nahm Lili Grün möglicherweise ähnlich ihrer Romanheldin Loni Holl neben ihrer Tätigkeit als Kontoristin privaten Schauspielunterricht bei einem älteren und erfahrenen Schauspieler oder einer Schauspielerin. »Theaterelevin« gab Grün im Sommer 1921 als Beruf an.[15] Wie in ihrem Theater-Roman geschildert und damals sehr verbreitet, debütierte die 17-jährige Elevin vielleicht über ein Anfängerin- oder Gastspiel-Engagement an einem Theater in der (tschechischen) Provinz, vielleicht auch an einer Sommerbühne in Wien. »Aber mögen auch Begeisterung und Talent noch so groß sein,« bemerkte Emanuel Häußler zu Lili Grüns schauspielerischem Werdegang, »der Weg führt, wenn nicht Wunder geschehen, zu einer besseren Schmiere«.[16] Der heiß ersehnte Durchbruch als Schauspielerin blieb Grün in den 1920er Jahren tatsächlich versagt.

Im ›Roten Wien‹ bewegte sich Lili Grün im Umfeld des populären liberalen jüdischen Journalisten, Schriftstellers und Sexualaufklärers Hugo Bettauer, da ihre Schwester Grete eine Zeit lang als Redaktionssekretärin für dessen Wochenschrift arbeitete. Bettauer hatte vor allem durch seinen 1922 erschienenen dystopischen Roman *Die Stadt ohne Juden* einige Bekanntheit erlangt. Ausgangspunkt für seinen vielfach übersetzten Bestseller, der dramatisiert und zwei Jahre später auch verfilmt wurde, war für ihn der dumpfe (Alltags-)Antisemitismus der 1920er-Jahre in Österreich. Zum Gegenstand seines eigentlich satirisch angelegten Buchs machte er die erzwungene Ausweisung aller Juden und Jüdinnen aus Österreich, da sie das ganze Land angeblich in den Ruin trieben, und entwarf damit – unwissentlich – eine erschreckend genaue Zukunftsvision. Im Februar 1924 gab er gemeinsam mit dem späteren »Berliner Tageblatt«-Redakteur Rudolf Olden die Zeitschrift »Er und Sie. Wochenschrift für Lebenskultur und Erotik« heraus, die bereits nach fünf Ausgaben beschlagnahmt und verboten wurde. Bettauer und Olden wurden unter anderem wegen Vergehens gegen die öffentliche Sittlichkeit angeklagt, im September 1924 aber freigesprochen. Auch das im Mai 1924 nachfolgende Magazin, das unter dem veränderten Titel »Bettauers Wochenschrift. Probleme des Lebens« herauskam, sorgte wegen seiner – bisweilen reißerisch aufgemachten – sexualaufklärerischen Inhalte regelmäßig für Aufruhr. Und für Auflage: Mit einem Absatz von 60.000 Exemplaren im In- und Ausland erreichte es die höchste Auflage aller österreichischen Wochenjournale. Unerschrocken setzte sich Bettauer für eine umfassende und tabulose Sexualaufklärung ein und nahm in seinen Leitartikeln kritisch und entschieden progressiv Stellung zu den schwierigen und kontrovers diskutierten gesellschaftlichen Themen seiner Zeit wie der Emanzipation und Gleichberechtigung der Frau, der Reform der rigiden Abtreibungsbestimmungen (§ 144), der Neuordnung des Ehe- und Scheidungsrechts, dem Schutz unverheirateter Mütter und ihrer unehelichen Kinder, der Prostitution sowie der Entkriminalisierung gleichgeschlechtlicher Lebensweisen. Dadurch wurde er immer wieder zum Gegenstand hitziger öffentlicher Diskussionen, die vor allem im Zusammenhang mit seinem Prozess von öffentlichen Drohungen bis hin zu Mordaufrufen begleitet wurden. Nach einer wochenlangen medialen, auch antisemitisch geführten Hetzkampagne gegen ihn wurde er am 10. März 1925 in den Redaktionsräumen seiner Wochenschrift von dem nationalsozialistischen Fanatiker Otto Rothstock angeschossen. Sechzehn Tage später erlag der 52-jährige Bettauer seinen schweren Verletzungen. Er gilt als eines der ersten prominenten Opfer des Nationalsozialismus in Österreich.[17] Nach Hugo Bettauers Tod heiratete Grete Grün 1926 seinen Sohn, der das begonnene Aufklärungswerk seines Vaters unerschrocken fortzuführen suchte, und zog gemeinsam mit ihm zu ihrer Schwester Lili in die Arnsteingasse 33.[18]

Hugo Bettauers fortschrittliche frauenemanzipatorische Vorstellungen und Überzeugungen beeinflussten offenbar das literarische Werk Lili Grüns. Beispielsweise leben Grüns Frauenfiguren in *Herz über Bord/Alles ist Jazz* als typische Vertreterinnen der jungen, emanzipierten ›Neuen Frauen‹ der 1920er-Jahre ihr Leben und vor allem ihre Männerbeziehungen ganz selbstverständlich, frei und selbstbestimmt. Als sich etwa Grüns Protagonistin, die 21-jährige Schauspielerin Elli, mit dem Berliner Studenten Robert einlässt, hat sie bereits eine drei Jahre dauernde leidenschaftliche Beziehung mit dem großbürgerlichen Wiener Studenten Hendrik geführt. Hendrik hat sie wegen einer ›guten Partie‹ verlassen. Als auch die Verbindung mit Robert scheitert, der eine kurze Frauenaffäre hat (»›Sie war ein Abenteuer, ein Mann braucht manchesmal ein Abenteuer‹«, S. 146), verzagt Elli nicht, da sie weiß, dass mit einem neuen Engagement in einer neuen Stadt auch »Der nächste Mann!« (S. 181) auf sie wartet. Zugleich sind ihr dabei jedoch die Nachteile der veränderten Geschlechterrollen, die »Fröste der Freiheit«,[19] schmerzlich bewusst. Ebenso wie Männern werden Frauen nun zwar nicht-eheliche Beziehungen eingeräumt, diese sind aber häufig von einer gewissen spröden Sachlichkeit, Unverbindlichkeit und Unstetigkeit gekennzeichnet. Auf enttäuschend verlaufende Beziehungen folgen wiederholt mehr oder weniger lange Phasen fröstelnden Alleinseins: »Es tut doch weh, wenn man denkt, wie oft man das noch wird erleben müssen, daß ein Mensch aus unserem Leben geht, so weit weg, daß er nichts mehr damit zu tun hat, und nichts bleibt von all den großen Gefühlen und den lieben Worten. Wird das wirklich noch oft sein? Angst und bange kann ihr werden bei diesem Gedanken … und sie erschrickt bei dem Wort: Zukunft! Ihr ist zu Mute, wie wenn jemand die Türe geöffnet hätte, um die Kälte hereinzulassen.« (S. 180 f.) Elli, wie auch andere Frauengestalten in Grüns Roman *Herz über Bord/Alles ist Jazz*, sucht weniger eine flüchtige Affäre oder gar »bloß eine breite Männerbrust, an der man sich verkriechen und geborgen fühlen kann« (S. 32). Sie wünscht sich vielmehr einen wirklichen Freund. Nicht einen Mann wie Robert, der Elli wie ein »kleines Mädchen« behandelt, das er wie eine Puppe nach Gusto und Tageseinteilung »aus der Spielzeugschachtel holen und es sich auf den Schoß setzen« kann (S. 24). ›Der Richtige‹ soll ein warmherziger Partner auf Augenhöhe sein, ein Mensch, der sich für sie und ihre Arbeit als Künstlerin ehrlich interessiert, der sie – so wie sie ist, mit all ihren Stärken und Schwächen – akzeptiert, wertschätzt und dazu jederzeit fest zu ihr steht.

Bettauers Einfluss ist möglicherweise auch Lili Grüns fiktionaler Ausflug in die blühende homosexuelle Subkultur Berlins der zwanziger Jahre geschuldet. Neben London und Paris galt in den ›Goldenen‹ Zwanzigern zunehmend das liberale Berlin als das pulsierende Zentrum der homosexuellen Welt. Allein 1922 wurde die Zahl der Lokale für Lesben und Schwule in der toleranten Metropole auf insgesamt bis zu 100 geschätzt.[20] Grüns

Romanheldin Elli nimmt ein Engagement als Diseuse in der »Sternenbar« an, einem schicken und doch zugleich anheimelnden Lokal der Berliner Lesbenszene in der Budapester Straße. »Blau und kitschig spannt sich der Sternenhimmel in gewölbtem Bogen, blau schimmern die Samtsessel, kleine und große silberne Sternchen überall, wo sie sich nur anbringen lassen [...].« (S. 134) An den Wochenenden bietet die »Sternenbar« – eine kleine, enge Tanzdiele mit aufreizender Jazz-Band – ihren illustren Gästen als besondere Attraktion Tanz- und Kabarett-Einlagen verschiedener Künstler/innen. Elli beäugt das ihr bis dahin fremde, schillernde Berliner Szene-Publikum (»Geschminkte Männer, oder sind es Frauen in Männerkleidung?«, S. 133) anfangs recht distanziert. Nachdem sie aber mit der schönen, sanften, als ›Eintänzerin‹ engagierten Maria getanzt hat, klingt behutsam an, dass auch hier Möglichkeiten liegen könnten. Vielleicht spielte Grün mit der »Sternenbar« auf die Berliner »Monokel-Diele« an, welche die prominente lesbenpolitische Aktivistin Charlotte »Lotte« Hahm seit dem 18. März 1931 in der Budapester Straße im modischen Berliner Westen betrieb.[21] Der Name der Diele war Programm, diente doch das Monokel, das als besonders männlich anmutendes Accessoire gerne von homosexuellen Frauen des virilen Typs zur Selbstinszenierung getragen wurde, als eines der verwendeten Erkennungszeichen der weiblich-homosexuellen Subkultur.[22] In Anzeigen einschlägiger Magazine warb die »Monokel-Diele«

für sich als »das Tanz-Kabarett der Frauen«,[23] die künstlerische Leitung oblag der beliebten und kabaretterfahrenen Diseuse Lola Gray.

Angezogen vom vermeintlichen Glanz und Glamour Berlins verließ Lili Grün Ende der 1920er Jahre ihre Heimatstadt Wien. Ihre Entscheidung, aus Wien wegzugehen, ist sicher auch im Kontext mit der in der österreichischen Metropole herrschenden hohen Arbeitslosigkeit insgesamt und besonders unter den Bühnenkünstlern und -künstlerinnen zu sehen. So belief sich allein die Zahl der in Wien lebenden erwerbslosen Schauspieler/innen im Jahr 1931 auf etwa 1500 Personen.[24] Von Berlin mit seiner Vielzahl an Theatern, Kleinkunstbühnen, Rundfunk- und Filmstudios versprach sich Grün, wie so viele andere junge Schauspieler/innen auch, offenbar bessere Arbeitsmöglichkeiten. Mit ihrem Wechsel von Wien nach Berlin kam sie aber quasi vom Regen in die Traufe. Im Zuge der allgemeinen Weltwirtschaftskrise Ende der 1920er-Jahre war auch in Berlin die Zahl der ein Engagement suchenden Künstler/innen enorm angestiegen. Die damit einhergehende Krise beim Film und beim Theater wurde von diversen Sparmaßnahmen wie Personalentlassungen, Produktionseinschränkungen, Zusammenlegungen von Bühnen und Verkürzungen der Spielzeit begleitet. Die Berliner Presse meldete im Mai 1931: »[D]ie Arbeitslosigkeit unter den Schauspielern [war] niemals so groß wie in diesem Jahr. Die Statistik der Bühnengenossenschaft

Volksbühne Berlin
(um 1930)

verzeichnet zwar nur dreitausend erwerbslose Schauspieler; aber da die unorganisierten Schauspieler nicht mit einbezogen sind, wird man ein Vielfaches der Zahl annehmen müssen.«[25] Wiederholt wurde in den Zeitungen über die zunehmende Verelendung unter den Schauspielern und Schauspielerinnen berichtet, deren prekäre Situation durch mangelhafte Ernährung, armselige Kleidung, äußerst bescheidene Wohnverhältnisse und durch chronische Erkrankungen – wie die für das frühe 20. Jahrhundert typische und weit verbreitete Armenkrankheit Tuberkulose – gekennzeichnet war.

Auch Lili Grün thematisierte in ihrem Roman *Herz über Bord/ Alles ist Jazz* die ständigen finanziellen Sorgen und die große Not der erwerbslosen Berliner Schauspieler/innen am Ende der von Wirtschaftskrise, Massenarbeitslosigkeit und greller Armut geprägten Weimarer Republik. Ihre Protagonistin Elli, nach einem kurzen Engagement, einer kleinen Rolle an der Berliner »Volksbühne«, erwerbslos und ohne Anspruch auf Arbeitslosenunterstützung, kann die monatlichen 40 RM an Miete und Heizkosten für ihr elendes, kleines Pensionszimmer im Berliner Westen nur noch mit Mühe aufbringen. Ihre Kleider sind schäbig und abgewetzt und ihre tägliche triste Mahlzeit besteht schon seit Wochen aus einem Teller Suppe oder einem Paar Würstchen, manches Mal muss sie auch hungern: »Man hat sich ein schlechtes Geburtsdatum ausgesucht. Seit man lebt, sind die Zeiten groß, aber unangenehm. In der Zeitung steht Arbeitslosigkeit in Amerika, Arbeitslosigkeit in der ganzen Welt. […] So schön wäre das Leben, so leicht könnte es sein, wenn man ein bißchen Arbeit und Geld hätte.« (S. 28 f.) Ellis Schauspielerkollegin Hedwig wird durch die ewigen Entbehrungen und das viele Hungern schließlich ernsthaft krank und stirbt an Tuberkulose: »Es ist nicht die Krankheit, die Elli aus der schönen Literatur kennt, es ist eine arme, arme Proletarierkrankheit, es ist ein häßliches Siechtum. Keiner von ihnen wird mit einem bißchen Blut auf den Lippen und einem Lächeln sterben.« (S. 106)

Andere Freunde und Freundinnen Ellis aus dem Theater- und Künstlermilieu sind finanziell nicht viel besser gestellt als sie selbst oder Hedwig. Ihr Geld reicht oft nicht einmal für eine Tasse Kaffee im »Romanischen Café«, damals *der* universale Mittelpunkt des geistigen Berlins rund um die Kaiser-Wilhelm-Kirche: bekanntester Intellektuellen-, Künstler- und Literatentreff, eine Art Umschlagplatz, Sensations- und Kontaktbörse für die Größen und Gerne-Größen aus Kunst, Literatur, Film, Theater und Presse der Weimarer Zeit.

Dem berühmten »Romanischen« am Auguste-Viktoria-Platz setzte Lili Grün damit in ihrem Roman ebenso ein literarisches Denkmal wie der weniger prominenten »Lunte«, wo sich in den Zwanzigern bevorzugt diejenigen trafen, die über sehr wenig oder gar kein Geld verfügten. »Den aus dem ›Romanischen‹ Verbannten blieb nur noch ›die Lunte‹ in der Rankestraße, ein winziges Café mit schwarzen groben Holzschemeln und Tischen«, erinnert sich zum Beispiel der Berliner Journalist und Schriftsteller Georg Zivier, ein Zeitgenosse Grüns. »Hinter der Theke thronte ›die Lunte persönlich‹, eine Zigarren rauchende Vierzigerin mit einem Pagenkopf, die ihre Gäste duzte und ihnen eine Tasse Kaffee für fünfundzwanzig Pfennig verkaufte. Auch wer nichts nahm, weil er völlig blank war, konnte noch Gnade finden vor den Augen der Wirtin. Sie muß dennoch auf ihre Kosten gekommen sein, denn sie hielt ihr Geschäft bis zur Nazizeit offen. Dann übersiedelte sie samt Pagenkopf, Zigarre und einem großen Teil ihrer Gäste nach Paris.«[26]

Eine der modischen Anlaufstellen für schickes Ausgehen der damaligen Berliner Lebewelt ebenso wie des Künstlervölkchens in Grüns Roman – für letzteres allerdings ein absolut selten möglicher Luxus – war das »Café Roberts« am Kurfürstendamm. Ein Restaurant im angesagten amerikanischen Stil, was sowohl sein Angebot als auch seine Ausstattung betraf, »wo inmitten der blitzenden Sauberkeit von Glas und Nickel die kessen Blondinen und Brünetten in weiß garniertem hellblauen Dreß blitzschnell bedienen«, wie der Kulturjournalist Curt Moreck 1931 in seinem *Führer durch das »lasterhafte« Berlin* zu berichten wusste.[27] Dabei galt die offen einsehbare und technisch voll auf der Höhe der Zeit ausgerüstete Küche bei »Roberts« als der letzte Schrei, eine amüsante Unterhaltung, fast wichtiger als die Bewirtungsräume selbst.

In Berlin kam Lili Grün schon bald mit der quirligen Kabarettszene jener Zeit in Kontakt. Aus der Not und ohne Geld, aber mit viel Idealismus und noch mehr Hoffnung auf den großen Sprung gründete sie mit einem bunten Trüppchen von rund 20 gleichgesinnten jungen Künstlern und Künstlerinnen im Frühjahr 1931 das politisch-literarische Kabarett-Kollektiv »Die Brücke«.[28] Während Grün tagsüber in einer Café-Konditorei als Verkäuferin und Küchenhilfe arbeitete, ging sie nach Feierabend bis spät nachts zum Proben ins Kabarett. Anfang Mai war es dann so weit: Das Kabarett »Die Brücke« trat mit seinem abendfüllenden Programm zum ersten Mal im Keller des »Künstlerhauses« in

Berliner Künstlerhaus in der Bellevuestraße 3 (1928)

der Bellevuestraße 3, dem Vereinslokal des »Vereins Berliner Künstler«, auf. Dies war eigentlich die angestammte Spielstätte des seit 1929 bestehenden und bereits damals legendären politisch-literarischen Kabaretts »Die Katakombe« von Werner Finck und Rudolf Platte, das sich aber wie üblich bis September auf Sommertournee befand. »Der große Saal eines Kaffeehauses wird gratis zur Verfügung gestellt, dafür darf der Kaffeesieder [Kaffeehausbesitzer; A. H.] den Gästen Speise und Trank verabreichen. Das Kabarett ist natürlich billig, sehr billig, sonst gehen die Leute nicht hinein. [...] Billetteure und Kassiere kosten Geld, also muß das runde Dutzend von Mädchen und jungen Herren, das auf der Bühne meist nur Produkte des eigenen Kollektivs vorträgt, einen Stafettendienst einrichten. Während die ersten Nummern laufen, betätigen sich die späteren in der Kasse und als

Platzanweiser. Das ist billig, originell und ergibt sofort einen gewissen Kontakt mit dem Publikum.«[29] Als Kollektiv spielte das Kabarett »Die Brücke« auf Teilung: Nach jeder Vorstellung wurde der Reingewinn errechnet und nach einem bestimmten Anteilsschlüssel an alle Beteiligten verteilt.

Meinen Recherchen in zeitgenössischen Pressekritiken zufolge war der links-politisch engagierte Berliner Kabarettist und »Katakombe«-Autor Julian Arendt der künstlerische Leiter der »Brücke«. Arendt hatte mit scharfen Politsongs wie der *Dolchstoßlegende*, *Das Seifenlied*, vertont von Otto Stransky, und der *Ballade von den Säckeschmeißern*, vertont von Hanns Eisler, interpretiert von Ernst Busch, zu dieser Zeit bereits einen gewissen Bekanntheitsgrad in Berlin. Der Komponist und Pianist Erwin Straus, Sohn des berühmten österreichischen Operetten-Komponisten Oscar Straus, trug offenbar die Verantwortung für die musikalische Leitung und begleitete – neben Günter Neumann, Otto Stransky und anderen – die »Brücke«-Künstler/innen auch am Klavier. Als groteske Conférencière fungierte – wohl ein wenig glücklos – Margarethe Voss. Unter den auftretenden Künstlern und Künstlerinnen befand sich auch der bekannte links-revolutionäre Schauspieler und Arbeitersänger Ernst Busch, der in den 1920ern als ›Barrikaden-Tauber‹ – eine ironische Anspielung auf den berühmten österreichischen Operetten-Startenor Richard Tauber – beim Berliner Arbeiterpublikum äußerst populär war. Ende 1930 war Busch wegen Differenzen über Modalitäten der Gagenzahlung aus dem »Katakombe«-Kollektiv ausgeschieden. In der »Brücke« sang er satirische, volksliedhafte Titel wie Kurt Tucholskys berühmtes Chanson *Anna-Luise*, aber auch beißende, sozialanklägerische Politlieder wie Robert Gilberts Antikriegs-*Ballade von der Krüppelgarde* – beide vertont und akkompagniert von Hanns Eisler höchstselbst. Die schon zu Lebzeiten als grandios bezeichnete Berliner Chansonnière und Schauspielerin Dora Gerson zeigte ›Berliner Typen‹. Annemarie Hase, wie andere der Gruppe vom linkssozialistischen Berliner Kabarett »Die Wespen« kommend, die auch in der »Brücke« den Typ der gewitzten Frau aus dem Volke gab, trat unter anderem gemeinsam mit Lili Grün als parodierende Sechstagerennen-Radfahrerbraut in einer Sportpalast-Szene auf. Aus der progressiven linken Berliner »Gruppe Junger Schauspieler« fanden sich in der »Brücke«: Fritz Genschow, der beispielsweise mit einem aggressiven Arendt-Text das Verbindungsstudententum anging, die Geschwister Ilse und Renée Stobrawa – Ilse unter anderem mit dem *Miß Krähwinkel*-Song eine Schönheitskönigin veralbernd und Renée mit einem viel gelobten *Theaterpleite*-Quodlibet jeweils von Arendt – sowie Rudolf Schündler. In den Pressekritiken hervorgehoben wurden außerdem die beiden Diseusen Hedy Peter und Vilma Strasser – letztere brachte Gedichte von Werner Finck in der Vertonung von Erwin Straus. Ferner der Berliner Schauspieler Erik

Ode, der zum Beispiel als rasender Reporter mit Fred Kainers Presse-Song *Auf der Rolle* über die »Brücke«-Bühne fegte. Ode war mit dem Textautor Max Kolpe in der »Brücke« vertreten unter anderem mit dem *Reformwiegenlied* von der Filmzensur, vom politisch-satirischen Berliner Kabarett »Anti« gekommen. Er wurde als Darsteller des Kommissars Herbert Keller in der ZDF-Krimiserie *Der Kommissar* ab Ende der 1960er-Jahre einem größeren Publikum bekannt. Und schließlich Lili Grün, die in der »Brücke« eigene Gedichte vortrug. »Lily [sic!] Grün bringt reizende freche Gedichte«, meldete beispielsweise das Berliner »12-Uhr-Blatt« vom 5. Mai 1931 sehr angetan, und der Berliner »Film-Kurier« erklärte am selben Tag ganz entzückt, »Lilly [sic!] Grün – trägt Erotik, sehr persönlich und sehr belustigend«. Auch die renommierte Berliner »Vossische Zeitung« wies in ihrer Ausgabe vom 7. Mai 1931 ausdrücklich auf Grüns »eigene witzig-sentimentale Gedichte« hin.

Vermutlich – ein Textnachweis ist nicht tradiert – gab Grün im Kabarett »Die Brücke« das eine oder andere ihrer charmanten, frechen kleinen Gedichte zum Besten, die sie Ende der 1920er-Jahre im Feuilleton von Zeitungen und Zeitschriften wie »Berliner Tageblatt«, »Prager Tagblatt« oder Berliner »Tempo« zu veröffentlichen begonnen hatte.[30] Der Tonfall ihrer heiter-melancholischen Gedichte verweist bisweilen auf berühmte neusachliche Zeitgenossen wie Erich Kästner oder Kurt Tucholsky, und doch beschreibt Lili Grün mit ihrer ganz eigenen feinen Note etwa die Sehnsüchte junger, moderner, selbstbewusster ›Neuer Frauen‹ am Ende der zwanziger Jahre – hin- und hergerissen zwischen Autonomie, Selbstbehauptung und der Suche nach ›dem Einen‹.

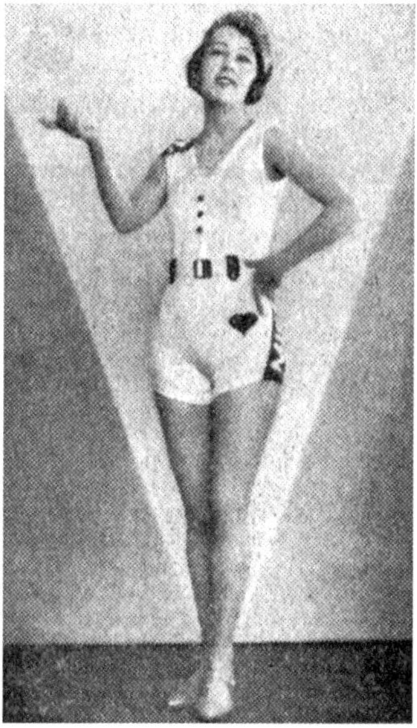

Ilse Stobrawa als »Miß Krähwinkel«, Kabarett »Die Brücke« (Mai 1931)

Insgesamt reagierte die Berliner Presse auf das engagierte Programm der »Brücke« nicht so euphorisch wie auf die Darbietungen der »Katakombe«, wenn auch überwiegend wohlwollend. Das lag wohl zum einen daran, dass die »Brücke« teils als sich ausprobierende, etwas unausgegoren, ja ziellos agierende und sehr gemischte Nachwuchsgruppe, teils als Sommer- bzw. Überbrückungsunternehmen bis zur Rückkehr der beliebten »Katakombe« und dem Beginn der neuen Spielzeit wahrgenommen wurde. Zum anderen war die »Brücke« offenbar auch politisch radikaler als die »Katakombe«. Die Berliner »Deutsche Tageszeitung« verunglimpfte das »Brücke«-Kabarett und seine überwiegend aus linken Zusammenhängen kommenden Künstler/innen in ihrer Kritik vom 5. Mai 1931 deshalb harsch als »Kommunistisches Hetzkabarett« und warf ihnen vor, sie wollten »nicht etwa einem gehetzten Großstadt-Publikum gediegene Kleinkunst, frohe Laune, befreiendes Lachen bringen, sondern auf ihrem Platz die Fackel der ›Weltrevolution‹ entzünden.«

Damit wird letztlich auch klar, dass das »Brücke«-Kabarett, das Lili Grün später als literarisches Vorbild für ihren Roman *Herz über Bord/Alles ist Jazz* diente, alles andere als »mondän« war – ein modisches, jedoch zunehmend und insbesondere in linken Kreisen verpöntes Schlagwort der 1920er-Jahre. »›Hältst du es nicht für ein bißchen verlogen, daß wir uns Jazz nennen? Jazz klingt entschieden nach mondän, findest du nicht?‹«, erkundigt sich Grüns Roman-Protagonistin Elli daher sichtlich besorgt bei ihrem Kabarett-Kollegen Hullo, dem umtriebigen Macher und künstlerischen Leiter der Truppe. Dieser will das Kabarett-Kollektiv nach dem neuen, aus den USA nach Europa geschwappten, modischen Musikstil benennen, der in den Zwanzigern nicht nur für den modernen, liberalen Lebensstil der jungen Generation stand, sondern zugleich den rasenden Puls der Zeit, die Turbulenzen, Dissonanzen und Synkopen der Epoche der ›Roaring Twenties‹, ihre fiebrige Verrücktheit und zuckende Nervosität, zum Ausdruck brachte und zugleich prägte. »›Nein, ich finde es nicht!‹«, kontert Hullo daher. »›Ich finde bloß, daß heutzutage eben alles

Jazz ist, was man hört und was man sieht. Man demonstriert in diesem Rhythmus, man malt in diesem Rhythmus ... und du gehst so! Haste das noch nicht kapiert?« (S. 50 f.)

Zurück in Wien versuchte Lili Grün ihren Lungenspitzenkatarrh in einer Lungenheilstätte auszukurieren. Vermutlich war sie in Berlin, erschöpft und geschwächt infolge der monatelangen Mangelernährung und der auf die Dauer strapaziösen Doppelbelastung durch ihre Arbeit in der Konditorei und im »Brücke«-Kabarett, an Tuberkulose erkrankt. Gleichzeitig begann sie ihre Berlin-Erlebnisse im Kabarett-Roman *Herz über Bord/Alles ist Jazz* zu verarbeiten.

Die Wiener Presse nahm Lili Grüns Debüt im Frühjahr 1933 überwiegend begeistert auf und prophezeite der jungen Autorin eine erfolgreiche Zukunft. Dabei verstanden die Kritiker ihren Roman vor allem als Zeitdokument. »Das Buch ist ohne Zweifel ein sehr beachtenswerter Beitrag zur Zeitgeschichte der jungen Generation«, lobte Emanuel Häußler im »Neuen Wiener Tagblatt« vom 26. April 1933. »Die Palette der jungen Schriftstellerin hat ungewöhnlich zärtliche und subtile Farben, die Autorin versteht, zu erleben, aber auch zu beobachten und zu analysieren.« Hanns Margulies vom »Wiener Tag« stellte Grüns Debüt in seiner Rezension vom 27. März 1933 gar in eine Reihe mit den neusachlichen Romanen so erfolgreicher Autorinnen wie Irmgard Keun und Joe Lederer. »Der

Roman ist prachtvoll«, jubelte er. »Lili Grüns erster Roman gehört zu den wirklich liebenswerten und lesenswerten Büchern unserer Zeit.« Und Robert Neumann zeigte sich in der renommierten Wiener »Neuen Freien Presse« vom 7. Juli 1933 überzeugt davon, dass die »dokumentarische, literarische Qualität dieses Erstlingsbuches [...] über jeden Zweifel erhaben« sei, und weiter: »Um diese Lili Grün ist mir nicht bange. Sie wird ihren Weg machen.« Wenig später erfolgten Übersetzungen ihres Erstlings 1933 ins Ungarische und 1934 ins Italienische.

Angesichts der politischen Entwicklungen in Österreich, das zügig den Weg in einen autoritären Ständestaat nach dem Vorbild des faschistischen Italiens beschritt, verließ Lili Grün im Oktober 1933 halbwegs genesen und begleitet von ihrem Lebensgefährten, dem Wiener Journalisten und Schriftsteller Ernst Spitz, Wien erneut und ging via Prag nach Paris. Da sie durch ihre wieder aufgeflammte Lungenerkrankung gesundheitlich stark angegriffen war und kaum arbeiten konnte, lebte sie hauptsächlich von den Tantiemen an *Herz über Bord/Alles ist Jazz* und von einem Vorschuss des Zsolnay Verlags auf den von ihr geplanten und wiederum von Robert Neumann protegierten neuen Roman *Loni in der Kleinstadt/Zum Theater!*.[31]

Gegenüber ihrem Wiener Verlag klagte sie: »Mir geht es gesundheitlich noch nicht sehr gut, ich habe noch immer erhöhte Temperatur, huste wie ein altes Pferd und bin heiser wie ein Gewohnheitstrinker.«[32] Ihre dramatische finanzielle Notlage ließ Grün im November 1934 gar eine Vereinbarung mit dem Berliner Allegro Theaterverlag treffen, welche diesem gegen ein Honorar von 200 RM das Nutzungsrecht am urheberrechtlich geschützten Titel ihres Erstlings *Herz über Bord* für eine Lustspiel-Operette von Eduard Künneke einräumte.[33] Chronische Geldnot und ihr miserabler Gesundheitszustand zwangen sie schließlich, Anfang 1935 in ihre Heimatstadt Wien zurückzukehren.

Eine vom Zsolnay Verlag angestoßene Spendenaktion ermöglichte der lungenkranken Lili Grün im Frühjahr 1935 einen mehrwöchigen Kuraufenthalt in einem Lungensanatorium in Meran. Im Herbst 1935 erschien ihr zweites Buch, der flotte kleine Theater-Roman *Loni in der Kleinstadt/Zum Theater!*, in Zsolnays Züricher Bibliothek zeitgenössischer Werke. Der Roman war im Sommer bereits erfolgreich als Vorabdruck im »Wiener Tag« gelaufen. Dagegen hatte sie ihre bislang nicht wieder aufgefundene Novelle *Anni hat Unrecht* zuvor unter anderem bei Zsolnay vergeblich unterzubringen versucht. 1936/37 erreichte Grün noch einen Zeitungsabdruck ihres mutmaßlich letzten Romans im »Wiener Tag«: eines lebendig geschriebenen Angestelltenromans aus dem Wien der 1920er-Jahre mit dem Titel *Junge Bürokraft übernimmt auch andere Arbeit*... Der Roman konnte erst 80 Jahre später in Buchform erscheinen.[34]

Nach der nationalsozialistischen Okkupation Österreichs im März 1938 hatte Lili Grün als jüdische Schriftstellerin nahezu schlagartig keine Möglichkeit mehr zu publizieren. Verarmt und lungenkrank blieb ihr auch die Emigration ins rettende Ausland verwehrt. Im Zuge der mit der NS-Machtübernahme verbundenen Verfolgung und Entrechtung der österreichischen Juden und Jüdinnen war sie nach mehreren ›Delogierungen‹[35] zuletzt in einem ›Massenquartier‹ für Juden und Jüdinnen in der Neutorgasse 9 im 1. Wiener Bezirk untergebracht.[36] Am 27. Mai 1942 wurde Lili Grün zusammen mit 980 weiteren österreichischen Juden und Jüdinnen aus Wien deportiert und noch am Tag ihrer Ankunft im weißrussischen Maly Trostinec am 1. Juni 1942 ermordet.[37]

Die Werke Lili Grüns aus den 1930er-Jahren wurden bis zum Jahr 2009 nicht wieder aufgelegt. Seit Juni 2007 mahnt in der Heinestraße 4 im 2. Wiener Gemeindebezirk ein »Stein der Erinnerung« an das grausame Schicksal von Lili Grün. Im Mai 2009 wurde ein neugestalteter Platz im Bereich Klanggasse/Castellezgasse, ebenfalls im 2. Gemeindebezirk von Wien, nach der ›vergessenen‹ Autorin Lili Grün benannt. Im Zuge der erfolgreichen, vom Feuilleton begeistert gefeierten Wiederentdeckung Lili Grüns und ihres quilrligen Berliner Kabarett- und Künstler-Romans *Herz über Bord/Alles ist Jazz*, dessen Figuren und produktive wie prekäre Lebenswelten in sozial und wirtschaftlich schwierigen Zeiten auch nehazu 100 Jahre später überaus modern und aktuell wirken, wurde schließlich am

30. August 2017 im Berliner Stadtbezirk Marzahn-Hellersdorf ein Lili-Grün-Weg eingeweiht. In Erinnerung an die österreichisch-jüdische Autorin und Schauspielerin und ihr Wirken in Berlin, denn Lili Grün habe »das Leben in der wachsenden Großstadt Berlin der 20er-Jahre plastisch beschrieben, auch die Probleme und Widersprüche.« Ihr Name auf dem Straßenschild soll aber auch als Denkmal verstanden werde, das an die Verbrechen des NS-Regimes erinnert.[38]

Anmerkungen

[1] Empfehlungsschreiben von Felix Costa/Paul Zsolnay Verlag an Prof. Dr. Emil Reich/Kuratorium Julius-Reich-Dichter-Preis vom 23. September 1933. Literaturarchiv (LIT) der Österreichischen Nationalbibliothek (ÖNB), Wien: Teilarchiv Zsolnay Verlag: Konvolut Lili Grün (Signatur: 286/B364).

[2] Testament Julius Reichs vom 27. März 1922 zitiert nach Waltraud Strickhausen 1996: *Die Erzählerin Hilde Spiel oder »Der weite Wurf in die Finsternis«*. New York u. a., S. 74. (Exil-Studien/Exile Studies. Eine interdisziplinäre Buchreihe/An Interdisciplinary Series; 3).

[3] Hilde Spiel (Hg.) 1980 [1976]: *Die zeitgenössische Literatur Österreichs I*. Aktualisierte Ausgabe [von 1976]. Frankfurt/M., S. 29 f. (Kindlers Literaturgeschichte der Gegenwart: Autoren. Werke. Themen. Tendenzen seit 1945; 5). Hervorhebung im Original.

[4] Petra Budke/Jutta Schulze 1995: *Schriftstellerinnen in Berlin 1871 bis 1945. Ein Lexikon zu Leben und Werk*. Berlin, S. 152 f. (Der andere Blick. Frauenstudien in Wissenschaft & Kunst).

[5] Siglinde Bolbecher/Konstantin Kaiser 2000: *Lexikon der österreichischen Exilliteratur*. In Zusammenarbeit mit Evelyn Adunka, Nina Jakl, Ulrike Oedl. Wien, München, S. 262 ff.

[6] Murray G. Hall 1994: *Der Paul Zsolnay Verlag. Von der Gründung bis zur Rückkehr aus dem Exil*. Tübingen, S. 182 ff. (Studien und Texte zur Sozialgeschichte der deutschen Literatur; 45).

[7] *Adolph Lehmann's allgemeiner Wohnungs-Anzeiger nebst Handels- und Gewerbe-Adressbuch für die k. k. Reichshaupt- und Residenzstadt Wien und Umgebung*. Wien, 46. Jg., 1904, Bd. 2, S. 378.

[8] Totenbeschauprotokoll von Regine (Regina) Grün. Wiener Stadt- und Landesarchiv, Totenbeschreibamt, Bd. 967, 1915, G.

[9] Dieses und das vorangegangene Zitat siehe Emanuel Häußler: »Boheme von heute. Weltstadtjugend gründet ein Kabarett.« In: Neues Wiener Tagblatt, 26.04.1933.

[10] Österreichisches Staatsarchiv, Wien, Kriegsarchiv, Militärische Grundbuchsevidenz (1820–1938 (ca.)): Grundbuchsblatt Wien, Ktn. 1402.

[11] Totenbeschau-Befund von Hermann (Ármin) Grün. Wiener Stadt- und Landesarchiv, Totenbeschreibamt, A 1: J. A. 1465/1922.

[12] Emanuel Häußler: »Boheme von heute. Weltstadtjugend gründet ein Kabarett.« In: Neues Wiener Tagblatt, 26.04.1933.

[13] Dieses und das vorangegangene Zitat siehe Lili Grün 2011: *Zum Theater! Roman.* Herausgegeben und mit einem Nachwort von Anke Heimberg. Berlin: AvivA Verlag, S. 16.

[14] Siehe dazu ausführlich Anke Heimberg 2011: »Nachwort.« In: Lili Grün: *Zum Theater! Roman.* Herausgegeben und mit einem Nachwort von Anke Heimberg. Berlin: AvivA Verlag, S. 184–212, hier: S. 198 ff.

[15] Historische Wiener Meldebestände im Wiener Stadt- und Landesarchiv (Magistrat der Stadt Wien, Magistratsabteilung 8).

[16] Emanuel Häußler: »Boheme von heute. Weltstadtjugend gründet ein Kabarett.« In: Neues Wiener Tagblatt, 26.04.1933.

[17] Siehe dazu ausführlich Murray G. Hall 1978: *Der Fall Bettauer.* Wien.

[18] Historische Wiener Meldebestände im Wiener Stadt- und Landesarchiv (Magistrat der Stadt Wien, Magistratsabteilung 8).

[19] Gisela von Wysocki 1980: *Die Fröste der Freiheit. Aufbruchsphantasien.* Frankfurt/M.

[20] Siehe dazu Wolfgang Theis/Andreas Sternweiler 1992: »Alltag im Kaiserreich und in der Weimarer Republik.« In: Verein der Freunde eines Schwulen Museums in Berlin e. V. (Hg.): *Eldorado. Homosexuelle Frauen und Männer in Berlin 1850–1950. Geschichte, Alltag und Kultur.* Katalog zur Ausstellung im Berlin Museum, 26. Mai bis 8. Juli 1984. Redaktion Michael Bollé. 2., durchgesehene Auflage. Berlin, S. 48–73, hier: S. 63.

[21] Siehe dazu Christiane Leidinger 2008: *Eine »Illusion von Freiheit« – Subkultur und Organisierung von Lesben, Transvestiten und Schwulen in den zwanziger Jahren.* [Online]. Berlin. (‹http://www.lesbengeschichte.de/politik-subkultur_d.html› [12.08.2022]).

[22] Siehe dazu z. B. Heike Schader 2004: *Virile, Vamps und wilde Veilchen. Sexualität, Begehren und Erotik in den Zeitschriften homosexueller Frauen im Berlin der 1920er Jahre.* Königstein/Taunus, S. 107 ff.

[23] Siehe z. B. eine Anzeige der »Monokel-Diele« von 1932, abgedruckt in: Adele Meyer (Hg.) 1994: *Lila Nächte. Die Damenklubs im Berlin der Zwanziger Jahre.* Mit einem Nachwort von Ilse Kokula. 1. Auflage. Berlin, S. 46.

[24] Vgl. dazu Regina Thumser 2003: »Netzwerke und Strukturen des Wiener Kabaretts im Exil.« In: Jeanne Benay u. a. (Hg.): *Österreichische Satire*

(1933–2000). Exil – Remigration – Assimilation. Bern, S. 39–57, hier: S. 42. (Convergences; 29).

[25] »Unhaltbare Zustände. Die erwerbslosen Schauspieler klagen an.« In: Tempo (Berlin), 22.05.1931.

[26] Georg Zivier 1988: »Das Romanische Café. Erscheinungen und Randerscheinungen rund um den Kurfürstendamm.« In: Volker Spiess (Hg.): *Gauner, Künstler, Originale. Die 20er Jahre in Berlin.* Berlin, S. 9–83, hier: S. 37.

[27] Curt Moreck 1931: *Führer durch das »lasterhafte« Berlin.* Leipzig. S. 43.

[28] Zum Kabarett »Die Brücke« siehe z. B. Alan Hartland Lareau 1990: *An unhappy love. The struggle for a literary cabaret in Berlin, 1919–1935.* University of Wisconsin, Dissertation. Madison, hier: S. 389 f.

[29] Emanuel Häußler: »Boheme von heute. Weltstadtjugend gründet ein Kabarett.« In: Neues Wiener Tagblatt, 26.04.1933.

[30] Im 2014 von mir herausgegebenen Sammelband *Mädchenhimmel!* konnten in zeitgenössischen deutschsprachigen Zeitungen und Zeitschriften von mir aufgefundene Gedichte und Kurzgeschichten Lili Grüns erstmals erscheinen.

[31] Siehe dazu Brief von Felix Costa/Paul Zsolnay Verlag an Lili Grün vom 16. Oktober 1933 und vom 27. Januar 1934. LIT der ÖNB, Wien: Teilarchiv Zsolnay Verlag: Konvolut Lili Grün (Signatur: 286/B364).

[32] Brief von Lili Grün an Dr. Ida Schreiber/Paul Zsolnay Verlag vom 13. November 1933. LIT der ÖNB, Wien: Teilarchiv Zsolnay Verlag: Konvolut Lili Grün (Signatur: 286/B364).

[33] Siehe dazu Murray G. Hall 1994: *Der Paul Zsolnay Verlag. Von der Gründung bis zur Rückkehr aus dem Exil.* Tübingen, S. 184 f. (Studien und Texte zur Sozialgeschichte der deutschen Literatur; 45).

[34] 2016 von mir ediert und begleitet von meinem ausführlichen Nachwort zu Leben und Werk Lili Grüns beim AvivA Verlag in Berlin.

[35] Siehe dazu Herbert Exenberger u. a. 1996: *Kündigungsgrund Nichtarier. Die Vertreibung jüdischer Mieter aus den Wiener Gemeindebauten in den Jahren 1938–1939.* Wien.

[36] Eigene Recherche in der Datenbank zu den österreichischen Shoah-Opfern des Dokumentationsarchivs des österreichischen Widerstands (Wien), abrufbar unter: (‹http://www.doew.at›).

[37] Siehe dazu Waltraud Barton (Hg.) 2015: *Maly Trostinec – Das Totenbuch. Den Toten ihre Namen geben.* 2. Auflage. Wien, Ohlsdorf, S. 97 ff.

[38] Birgitt Etzel: »Eine Straße für Lili Grün.« In: LichtenbergMahrzahn. Die Online-Zeitung aus dem Berliner Osten (Berlin), 31.08.2017. (‹http://www.lichtenbergmarzahnplus.de/eine-strasse-fuer-lili-gruen/› [12.08.2022]).

Die Herausgeberin

Anke Heimberg studierte Deutsche Sprache und Literatur, Soziologie und Medienwissenschaften in Marburg und Wien. Nach dem Studium u. a. Tätigkeit als Wissenschaftliche Mitarbeiterin in Projekten der Frauen- und Geschlechterforschung und als Dozentin an der Universität Marburg. Seit 2001 lebt sie als freie Autorin und Herausgeberin in Berlin.

Im AvivA Verlag hat sie bisher die drei Romane *Das weiße Abendkleid*, *Die Welt ist blau* und *Gast in der Heimat* von Victoria Wolff herausgegeben sowie von Lili Grün neben den drei Romanen *Alles ist Jazz*, *Zum Theater!* und *Junge Bürokraft übernimmt auch andere Arbeit* … deren unter dem Titel *Mädchenhimmel!* versammelten Gedichte und Geschichten. Derzeit arbeitet sie an einer Biographie zu Lili Grün.

Bildnachweis

Vorsatz/Nachsatz: Berlin 1930, © Pharus-Plan, www.pharus.eu
S. 2: © Österreichische Nationalbibliothek Wien, Bildarchiv
S. 182: © ullstein bild – ullstein bild
S. 197: © ullstein bild – ullstein bild
S. 201: © ullstein bild – John Graudenz
S. 205: © Privatarchiv Anke Heimberg

Mehr von Lili Grün und anderen
Autorinnen der zwanziger Jahre unter
www.aviva-verlag.de

Die Originalausgabe erschien 1933
unter dem Titel »Herz über Bord«
im Paul Zsolnay Verlag, Berlin, Wien, Leipzig.
Für die Neuausgabe wurden Orthographie
und Zeichensetzung beibehalten. Offensichtliche
Druckfehler wurden stillschweigend korrigiert.

Im AvivA Verlag erschien der Roman erstmals 2009.
Diese Neuausgabe erscheint mit einem vollständig
überarbeiteten Nachwort von Anke Heimberg.

Umschlaggestaltung: Britta Jürgs, unter Verwendung
eines Fotos von Madame d'Ora (Dora Kallmus), Paris 1928
© ullstein bild – d'Ora
Druck: Finidr, s.r.o.
Printed in Europe

AvivA Britta Jürgs GmbH
Emdener Str. 33, 10551 Berlin
fon (0 30) 39 73 13 72; fax (0 30) 39 73 13 71
info@aviva-verlag.de
www.aviva-verlag.de

ISBN: 978-3-949302-12-1

Untere Spree
Pumpstat.
Am Bahnhof Jungfernheide
Bhf. Jungfernheide
Schering Chem. Fabr.
Hutten S.
Turbinen Fbr. A.E.G.
Berlichingen
Sophie Charlotte
Schlossgarten
Augusta
Gustav Adolf Pl.
Kaiserin
Nordhausener
Quedlinburger
Tegeler Weg
Neuer Fürstenbrunner Weg
Güter Bhf.
Spandauer Berg
Spandauer S.
Charlottenburger Ufer
Eosander
Schloss
Gieß Pl.
Siemens-Schuckert
Berliner S.
Lützow
Bhf. Westend
Bhf. Wilhelm Pl.
Potsdamer
Scharren
Wall
Spielhagen S.
Bhf. Soph. Charl.
Bhf. Bismarckstr.
Städt. Oper
Bismarck
Knie
Hardenberg
CHARLOTTENBURG
Kaiserdamm
Bhf. Witzleben
Lietzen See
Goethe
Pestalozzi
Kant
Neue Kant S.
Windscheid
Bhf. Charlottenburg
Stuttgarter Pl.
Niebuhr
Bhf. Savigny Pl.
Savigny
Bhf. Uhlandst.
Mommsen
Ausstellung
Kurfürsten Damm
Bhf. Halensee
Luna Park
Lehniner Pl.
Olivaer Pl.
Pariser
Ludwigkirch Pl.
Xantener
Düsseldorfer
Westfälische
Friedrichsruher
Bhf. Hohenzollern Pl.
Bhf. Hohenzollern-Damm
Hohenzollern
Hohenzollerndamm
Bhf. Fehrbelliner Pl.
WILMERSDORF
Berliner
Wilhelmsaue
Krematorium
Grunewald
Hubertus Sport Pl.
Kranzer
Hindenburg
Bhf.